KB053887

행복한 아침을 여는 책

행복한 아침을 여는 책

초판 1쇄 인쇄 2022년 6월 25일
초판 1쇄 발행 2022년 6월 29일

지은이 | 김옥림
펴낸이 | 임종관
펴낸곳 | 미래북
편   집 | 정광희
본문 디자인 | 디자인 [연:우]
등록 | 제 302-2003-000026호
본사 | 서울특별시 용산구 효창원로 64길 43-6 (효창동 4층)
영업부 | 경기도 고양시 덕양구 삼원로73 고양원흥 한일 윈스타 1405호
전화 031)964-1227(대) | 팩스 031)964-1228
이메일 miraebook@hotmail.com

ISBN 979-11-92073-12-5   (03800)

값은 표지 뒷면에 표기되어 있습니다.
잘못된 책은 구입하신 서점에서 바꾸어 드립니다.

Good Morning

행복한 아침을 여는 책

김옥림 지음

MIRAE
BOOK

귀중한 오늘을 살고
밝은 내일의 꿈이 돼라

물질문명의 발달은 사람들에게 경제적 풍요로움은 물론, 생활의 편리함과 삶의 질을 높여주었습니다. 뿐만 아니라 사회 전반적으로 시시각각 많은 변화를 주어, 하루가 다르게 삶의 형태가 변화하고 있습니다.

그러나 이런 긍정적인 영향에도 불구하고 많은 현대인들은 삶의 본질을 잃고 정체성의 혼돈 속에서 방황하고 있습니다. 이는 날로 급변하는 산업사회에서 파생된 삶의 모순이 낳은 결과입니다. 따라서 이럴 때일수록 뒤틀려진 삶의 본질을 회복하고, 흔들리는 정체성을 찾는 노력이 필요합니다.

《행복한 아침을 여는 책》에는 레프 톨스토이, 스피노자, 노자, 묵자, 맹자, 피타고라스 등의 지혜로운 성현들의 목소리가 담긴 글을 비롯하여, 맑고 곱게 정화된 언어로 빚은 김남조, 도종환, 문정희, 조병화, 헤르만 헤세, 버지니아 울프, 칼릴 지브란, 로버트 프로스트를 비롯한 시인들의 시도 들어있고, 사상과 철학적 사유가 담긴 버트런드 러셀, 괴테, 쇼펜하우어, 임마누엘 칸트, 볼테르, 에머슨 등 철학자와 사상가들의 글도 들어있어 삶의 참된 본질이 무엇인가를 명쾌하게 제시해 줄 것으로 믿습니다.

공자孔子는 말하기를 "등에 무거운 짐을 짊어지고 먼 길을 가는 것이 인생이다. 그러기에 우리는 인생을 급하게 서두르지 말고 천천히 가야 한다."고 했습니다.

또한 바쁠수록 돌아가라는 말이 있습니다. 아무리 현실이 급물살처럼 우리를 내몬다고 해도 자신만의 삶의 징검다리를 놓아 급변하는 삶에 익숙해져야 합니다. 그렇게 될 때 뒤틀려진 삶의 본질과 혼란스러운 정체성으로부터 자유로워짐은 물론 즐겁고 행복한 삶을 살아갈 수 있으리라 생각합니다.

이 책이 모든 분들에게 평안을 주고 지혜를 길러주는 삶의 참 벗이 되었으면 합니다.

김옥림

Contents

1
아낌없이 부족함 없이 사랑하라 • 013

2

진정한 행복 그 아름다움의 가치 • 079

3

풍요로운 삶을 찾아가는 마음의 숲길 • 149

4

맑은 사색을 위한 지혜의 강물 • 209

The Poem of Thema

그 사람만 떠올려도
공연히 날아갈 듯 상쾌해지고
마음이 비단결처럼 따뜻해지는
사슴처럼 눈이 맑은 사람

그 사람만 곁에 있어도
마냥 행복해지고
하나도 지루하지 않는
풋풋한 미소가 아름다운 사람

그 사람만 생각하면
그 언제까지나 함께 있고 싶어
마음이 들뜨고
늘 처음 본 듯 호감을 주는
부드럽고 속이 넉넉한 사람

그 사람만 가슴에 담고 있어도
부자가 된 듯 여유롭고
생애에 의미가 되어주는
꿋꿋한 소나무처럼 의연한 사람

그 사람만 보고 있어도
왠지 착하게 살고 싶고
그 어떤 시련이 닥쳐와도 두렵지 않은
용기와 꿈을 주는
아침햇살처럼 맑은 사람

우리는 서로에게
아침햇살 같은 사람이 되어야 하리니
너와 나와 우리가 하나 될 때
삶은 진정 따뜻하다

_ 김옥림 〈아침햇살 같은 사람〉

사랑은 봄에 피는 꽃과 같다.
온갖 것에 희망을 품게 하고
향기로운 향내를 풍기게 한다.
때문에 사랑은 향기조차 없는 메마른
폐허나 오막살이집일지라도
희망을 품게 하고
향기로운 향기를 풍기게 하는 것이다.

_ 자크 프레베르

1

아낌없이
부족함 없이
사랑하라

01
최선의 사랑

최선의 사랑이야말로 최고의 사랑이자,
최고의 행복을 낳는 비결입니다.

사랑하라,

한 번도 상처받지 않은 것처럼

　이는 《톰 소여의 모험》, 《왕자와 거지》, 《허클베리 핀의 모험》
으로 유명한 미국 작가 마크 트웨인이 한 말입니다. 그는 가난한
집안 사정에 식자공으로 일하면서 자신이 쓴 글을 잡지에 투고
했습니다. 글쓰기는 그에게 희망이었고 즐거움이었지요. 그는
스물두 살에 미시시피강의 수로 안내인이 되었습니다. 수로 안
내인 일은 그가 작품을 쓰는 데 큰 영향을 끼쳤습니다. 그는 수
로 안내인의 경험을 바탕으로 글을 써서 1867년 첫 단편집인
《캘리베러스군의 명물 뛰어오르는 개구리》를 출간하여 대중적
인 인기를 끌었습니다.
　시인이자 작가인 윌리엄 포크너는 마크 트웨인을 일컬어 미국

문학의 아버지로 칭했지요. 이렇듯 마크 트웨인은 미국 문학의 전통을 창조한 작가이자 문화적 측면에서 미국 문학사에 가장 큰 영향을 끼친 작가로 평가받습니다.

하지만 마크 트웨인의 위대성은 작가로서의 업적에도 있지만, 따뜻한 내면을 가진 사람이라는 데 있습니다. 그는 헬렌 켈러의 학비를 지원하기도 했고, 식민주의, 인종차별, 여성 차별 문제에 깊은 관심을 갖고 참여하는 등 적극 사랑을 실천했습니다. 그랬던 그였기에 한 번도 상처받지 않은 것처럼 사랑하라고 말합니다.

마크 트웨인의 말처럼 사랑한다는 것은 쉽지 않습니다. 특히, 남녀 간의 사랑에 있어서는 더욱 그러하지요. 상대방에 대한 배려심이 부족하고 지나친 사랑을 기대하다 보면, 불만을 드러내게 되어 갈등하게 되기 때문입니다. 그리고 그 정도가 심하면 서로 등을 돌리는 참담한 상황을 겪게 되지요.

서로 사랑함으로써 행복한 삶을 영위하기 위해서는 한 번도 상처받지 않은 것처럼 사랑할 수 있도록 노력해야 합니다. 같은 말도 더 다정하게 말하고, 행동 하나에도 따뜻한 사랑이 전해지도록 배려하고, 상대방이 존중받고 사랑받는다는 생각이 들도록 해야 합니다. 그랬을 때 충만한 행복을 통해 더욱 사랑하게 됨으로써 만족한 인생을 살아가게 되니까요.

이렇게 한다는 것은 자기 헌신이 따르지 않으면 할 수 없습니다. 만족한 사랑도, 행복의 기쁨도 반대급부의 결과이지요. 이런 사랑을 최선의 사랑이라고 말합니다.

아낌없이 부족함 없이 사랑하라

그렇습니다.
최선의 사랑이야말로
최고의 사랑이자,
최고의 행복을 낳는 비결입니다.

02
다만 사랑하라

참사랑은 조건 없이 사랑하는 데서 오는
삶의 기쁨이자 행복입니다.

♥

진정한 사랑은 어느 특정인의 사랑이 아니라
모든 사람을 사랑하고자 하는 마음자세이다.
그러한 경험을 통해 우리는 우리의 마음이
신적인 것에서 비롯되었다는 사실을 깨닫게 된다.
남에게 사랑받기 위해 애쓰지 마라.
다만 사랑하라.
그러면 당신도 비로소 사랑을 얻을 것이다.
사랑은 사랑을 베푸는 자에게
정신적이고 내면적인 기쁨을 안겨준다.

이는 러시아의 국민작가 레프 톨스토이의 말로, 사랑의 자세에
대해 잘 알게 합니다. 톨스토이는《전쟁과 평화》,《안나 카레니
나》,《부활》등 명작을 남긴 세계적인 작가이기도 하지만, 톨스

토이즘이란 자기만의 사상을 가진 사상가이기도 하지요. 이러한 톨스토이의 사상은 그의 저서 《교의신학비판》, 《요약 복음서》, 《참회록》, 《교회와 국가》를 비롯한 책에 잘 나타나 있습니다. 그는 철저한 러시아 정교회의 신자로서 근로, 채식, 금주, 금연을 표방하고 간소한 생활을 영위했습니다. 또한 자기가 부리는 농노農奴들의 신분을 평민으로 회복시켜 주었지요. 그는 악에 대한 무저항주의와 자기완성을 신조로 하여 사랑의 정신으로 전 세계의 복지에 기여하는 삶을 살기 위해 최선을 다했습니다.

톨스토이의 말에서 보듯 모든 사람을 사랑으로 대하는 것이야말로 진정한 사랑의 자세이며, 그렇게 할 때 진정한 사랑은 구현되는 것이지요. 그렇다면 이렇게 하기 위해서는 어떻게 해야 할까요. 그것은 조건 없이 '다만 사랑하는' 것입니다. 조건 없이 사랑할 때 그 사랑은 자신에게도 타인에게도 더 큰 사랑이 되고, 모두를 행복하게 되지요. 이렇듯 참사랑은 조건 없이 사랑하는 데서 오는 삶의 기쁨이자 행복입니다.

'다만 사랑하라.'
이렇듯 참사랑은 조건 없이 사랑하는 데서 오는
삶의 기쁨이자 행복입니다.

03
아낌없는 사랑

사랑보다 더 귀한 보석은 없습니다. 이 세상에 존재하는
그 어떤 보석도 사랑을 대신해줄 수는 없습니다.

오늘날 우리 사회는 최첨단 디지털 정보화의 무분별한 남용으로 인해 행복했던 가정이 하루아침에 깨어지는 참상을 쉽게 접하고 있습니다. 날이 갈수록 윤리와 도덕은 땅에 떨어져 구르고 자신이 무엇을 잘못했는지조차 모르는 인격적 장애를 가진 사람들이 늘어가고 있는 현실이 너무 두렵습니다.

사랑하는 사람을 위하여 보다 더 관심을 갖고 그의 아픔까지도 사랑하고 보듬어줄 수 있는 따뜻한 마음이 그 어느 때보다도 절실히 요구되는 시대입니다.

이런 때일수록 좀 더 사랑하는 사람을 위하여 사랑을 살뜰하게 살필 줄 아는 지혜와 정성이 필요합니다. 왜냐하면 사랑이 깨지면 삶의 정체성이 흔들리게 되고, 내가 왜 사는지에 대한 목적도 사라지게 되기 때문입니다.

사랑보다 더 귀한 보석은 없습니다. 이 세상에 존재하는 그 어

떤 보석도 사랑을 대신해줄 수는 없습니다. 사랑은 삶을 이어주고 이어가게 하는 마음의 비타민이며 행복의 스프입니다.

사랑의 소중함을 잘 보여주는 시입니다.

나의 밤 기도는
길고
한 가지 말만 되풀이한다

가만히 눈 뜨는 건
믿을 수 없을 만치의
축원,
갓 피어난 빛으로만
속속들이 채워 넘친 환한 영혼의
내 사람아

쓸쓸히
검은 머리 풀고 누워도
이적지 못 가져본
너그러운 사랑

너를 위하여 나 살거니
소중한 건 무엇이나 너에게 주마

이미 준 것은
잊어버리고
못다 준 사랑만을 기억하리라
나의 사람아

눈이 내리는
먼 하늘에
달무리를 보듯 너를 본다

오직 너를 위하여
모든 것에 이름이 있고
기쁨이 있단다
나의 사람아

이는 김남조 시인의 〈너를 위하여〉라는 시입니다.

나는 이 시를 참 좋아해서 내 마음에 사랑이 식어가면 불쑥 꺼
내 읽곤 합니다. 읽고 나면 황량해진 내 마음엔 어느새 푸른 달
빛 같은 너그러움이 번져오고 메말랐던 가슴이 촉촉이 젖어오
며 기쁨이 샘솟아 오릅니다. 이 시에서 보여준 절대적인 사랑은
나의 마음을 온전히 매혹시켜 놓았습니다.

아낌없이 부족함 없이 사랑하라

너를 위하여 나 살거니
소중한 것은 무엇이나
너에게 주마
이미 준 것은
잊어버리고
못다 준
사랑만을 기억하리라
나의 사람아
-5연-

오직 너를 위하여
모든 것에 이름이 있고
기쁨이 있단다
나의 사람아
-6연-

너무 아름답고 소중한 사랑이 아닐 수 없습니다. 물론 아가페적인 사랑이 보이지만, 사랑하는 사람에 대한 절대적인 사랑은 우리를 감동시키기에 조금도 부족함이 없습니다.

김남조 시인은 '내가 사는 이유를 너 때문'이라고 했으며, 소중한 것은 무엇이나 너에게 주고 이미 준 것은 잊어버리고, 못다 준 사랑만을 기억하겠다고 했습니다. 아, 얼마나 충만하고 너그러운 사랑입니까.

이런 사랑을 할 수 있다면 얼마나 좋을까요. 이런 사랑이야말로 최선의 사랑이며 너무나도 절절하게 아름다운 사랑입니다.

이런 사랑은 누구나 원하지만 자신의 지나친 이기심으로 인해 있던 사랑마저 놓쳐버리는 경우는 얼마든지 있습니다. 사랑을 배반하는 것은 언제나 탐욕적인 사람이니까요.

사랑은 아름다운 것이고 사람이 살아가는 이유이자 목적입니다. 그리고 그 사랑을 지키고 간직할 수 있는 사람만이 빛나고 향기로운 삶을 쟁취할 수 있는 것입니다.

자신과 빛나는 삶과 사랑하는 사람의 행복을 위해서라면 아낌없이 서로를 보듬고 높여주는 사랑을 해야 하겠습니다.

아낌없이 부족함 없이 사랑하라

04
사랑하는 사람이 소중한 이유

욕망은 내 자신은 물론 내가 사랑하는 사람들을 멀어지게 하고 잊게 만듭니다.
욕망을 마음에서 비워내야 합니다.

이 세상 사람들은 누구나 자신이 좋아하는 특별한 사람이나 대상이 있습니다. 그들은 가족일 수도 있고, 친구일 수도 있고, 사랑하는 연인일 수도 있습니다. 사람에게 있어 좋아하는 누군가가 있다는 것은 무엇보다 소중하고 기쁜 일입니다.

나 또한 마찬가지입니다. 내가 사랑하는 가족과 친구, 그리고 나에게 작은 풀잎 같은 은혜라도 베푼 사람들을 보면 그렇게 감사할 수가 없습니다.

내가 좋아하는 사람들을 보면 그 순간부터 가슴이 뜨거워지고 무슨 말이라도 걸어보고 싶고, 한참을 지켜보고 바라보아도 까닭 없이 그냥 좋습니다. 그들에게는 풀꽃 냄새가 나고 그들을 보고 있는 것만으로도 내 마음은 깨끗처럼 환해오고 착한 생각이 넘쳐납니다. 그리고 그들과 함께하는 것이 너무 감사해서 진주처럼 맑은 눈물을 보이게 됩니다.

이처럼 내가 사랑하는 사람들은 자신에게 있어 꼭 필요한 존재이며 이상입니다. 하지만 삶이 각박해질수록 이런 마음들이 사라지는 것 같아 안타까움에 몸서리를 치곤 합니다. 가족의 소중함도 친구의 소중함도 배고프고 어려웠던 그 시절보다 그 빛이 바래지는 것만 같아 참으로 마음이 아픕니다. 점점 물질의 노예가 되고 탐욕과 이기심의 바다에 빠져 헤어나질 못하고 있는 사람들이 그저 안타까울 따름입니다.

우리는 무심(욕심 없는 마음)으로 돌아가야 합니다. 지금 돌아가지 않으면 걷잡을 수 없는 욕망으로 혼돈의 시대에 직면하게 될지도 모릅니다. 만일 혼돈의 시대가 도래한다면 그 결과는 엄청난 파장을 일으킬 겁니다. 세계사적으로나 우리의 역사적 관점으로 볼 때 이러한 예는 얼마든지 있었음을 알 수 있습니다.

욕망은 내 자신은 물론 내가 사랑하는 사람들을 멀어지게 하고 잊게 만듭니다. 욕망을 마음에서 비워내야 합니다.

내가 사랑하는 사람들을 보면
풀꽃 냄새가 난다, 괜스레
그들을 바라보는 것만으로도
내 마음은 깨꽃처럼 환해오고
그들을 생각하는 것만으로도
내 가슴 부풀어 눈을 감는다

아낌없이 부족함 없이 사랑하라

내가 사랑하는 사람들을 보면
진주처럼 맑은 눈물이 난다, 괜스레
그들을 바라보다가 눈길을 멈추어도
즐거워지는 까닭에 떨리는 눈빛이 되어
오래도록 그들로부터 눈길을 뗄 수가 없다

내가 사랑하는 사람들을 보면
살아있는 이 순간이
그렇게도 감사할 수가 없다
이 세상 살아가는 동안
내가 사랑하는 사람들과 만나고
헤어지는 그 짧은 순간에도 그 기쁨을
영원토록 이어가고 싶다

이는 〈내가 사랑하는 사람들을 보면〉이라는 나의 시입니다. 나는 이 시를 쓰며 참 감사함과 행복을 느꼈습니다. 나보다 더 사랑하는 사람들이 내게 있다는 게 너무 감격스러웠기 때문입니다. 그 감격은 한동안 나를 겸손하게 했고 자중하게 했습니다. 이 시를 쓰고 나서의 감격은 지금도 내 가슴을 울리곤 합니다. 내가 사랑하는 사람들은 내 인생의 희망이며 꿈입니다. 결코 사랑하는 사람들을 잊지 말아야겠습니다. 그들이 있기에 내 자신이 존재하는 것입니다. 그들은 나의 힘이요, 생명과도 같습니다. 그러므로 우리는 서로가 서로를 사랑하고 사랑받는 사람들이 되어야만 하겠습니다.

아낌없이 부족함 없이 사랑하라

05
현재의 사랑이 중요하다

사랑보다 더 귀한 보석은 없습니다. 이 세상에 존재하는
그 어떤 보석도 사랑을 대신해줄 수는 없습니다.

사랑의 시점은 언제나 현재이고 현재를 벗어나면 그 의미가 반
감합니다. 그래서 사랑은 지금 해야 합니다. 그 대상이 가족이든
친구이든 사랑하는 사이든 간에 현재의 사랑에 충실할 때 그 사
랑은 빛이 나고 가치가 있게 되는 것입니다.

만약, 사랑하는 사람들이 자신의 곁에서 떠났다고 생각해 보십
시오. 하루하루의 삶이 지옥 같고 눈앞이 캄캄해질 것입니다. 더
군다나 사랑하는 사람들이 다시는 돌아오지 못할 먼 길을 떠났
다면 그 슬픔의 고통이란 이루 헤아릴 수 없을 만큼 클 것입니다.

사랑하는 이를 잃는 슬픔보다 더 큰 슬픔은 없습니다. 세상의
전부를 잃은 것만 같은 사랑의 슬픔을 조금이라도 덜 수 있는 것
은, 사랑하는 사람이 곁에 있을 때 더욱 사랑하고 아껴주어야 합
니다. 그것만이 그나마 후회를 덜하게 되는 것이니까요.

"미래에 있어서 사랑이라는 것은 없다.
사랑이란 오직 현재에 있어서의 활동이다.
현재에 있어서 사랑을 보이지 않는 인간은
사랑을 갖고 있지 않다."

이는 러시아의 대문호이자 사상가인 톨스토이가 한 말입니다.
톨스토이는 현재의 사랑만이 중요할 뿐이지, 미래의 사랑은 중요하지 않다고 했습니다. 그가 이렇게 말할 수 있는 것은 그 또한 살아서 아픈 사랑을 했기 때문이라는 생각이 드는군요. 그는 자신의 부인과의 갈등으로 많은 고통을 느끼며 살았습니다. 톨스토이는 하나님의 사랑을 믿고 가난한 자들을 구제하는 일에 깊은 관심을 가졌습니다. 그는 엄청난 부호였지만 언제나 소박한 삶을 즐겼습니다. 하지만 그의 아내는 그의 생각과는 달랐습니다. 그의 부인은 물질을 사랑했고 그것을 최선으로 여겼습니다. 이것이 톨스토이와 부인과의 갈등 요인이 되었던 것입니다. 그랬기에 톨스토이는 현재의 사랑이 중요하다고 했다는 생각이 듭니다.
　우리는 지금 살고 있는, 그 현재를 통해 내일을 향해 나아가게 되는 것입니다. 그런 의미에서 현재의 사랑은 그 무엇보다 중요한 것입니다. 현재의 사랑이 든든하고 충실해야 미래가 밝은 것입니다.
　사랑이란 물을 자주 주고 정성을 들이면 윤기를 내는 싱싱한

아낌없이 부족함 없이 사랑하라

화초와도 같아서 사랑하는 사람에 대한 관심을 집중시키게 합니다. 그래서 사랑하는 사람도 화색이 돌고 생기가 나는 것입니다. 반면에 관심을 떨어뜨리면 말라비틀어진 풀꽃처럼 생기가 없어 시들어 죽어버립니다. 그러므로 사랑은 현재가 중요한 것입니다.

지금 사랑하십시오. 지금 하는 사랑이 가장 싱싱하고 충만한 행복을 주는 것입니다.

06
늘 사랑을 품고 사는 행복

우리는 사랑하는 이들을 위해 사랑의 별이 되어야 합니다. 별이 되어
그들의 가슴에 희망을 주고 행복을 심어주는 사람이 된다면 더할 나위가 없겠지요.

별은 모든 사람들에게 꿈을 꾸게 하고, 동화 같은 고운 마음을 가슴 가득 품게 합니다. 그래서 사람은 남녀노소 할 것 없이 별을 사랑합니다. 별은 시와 수필, 소설 등 많은 문학작품의 소재로 널리 사용되고 있으며 별이 작품의 소재로 들어간 시나 소설은 늘 아련한 감동으로 젖어들게 만듭니다.

내가 감동 있게 읽은 작품 중에 알퐁스 도데의 〈별〉이 있습니다. 프랑스 의 아름다운 산악지대를 배경으로 티 없이 맑고 순결한 주인집 소녀와 그 소녀를 짝사랑하는 목동의 이야기는 한마디로 서정의 극치를 이룹니다.

먹을 것을 마차에 싣고 양들을 방목하는 곳으로 찾아온 주인집 소녀의 뜻밖의 방문에 가슴 졸여 감격해하는 순박한 목동의 마음은 이 소설의 중심을 이룹니다. 밤하늘에 빛나는 아름다운 별을 보며 잠든 주인집 소녀에 대한 목동의 순수한 사랑은 나에게

아낌없이 부족함 없이 사랑하라

숨 막히는 감동을 선물했습니다. 소설을 읽는 내내 마치 내가 소설 속의 주인공이라도 된 것 같은 착각이 들 정도였으니까요. 지금도 그 기억이 새록새록 내 마음을 타고 물결쳐 흐르곤 합니다.

나는 밤하늘에서 빛을 뿜어대고 있는 별을 바라보면 그 순간만큼은 행복한 어린 왕자가 되곤 합니다. 그 별을 보고 있으면 무욕의 마음에 사로잡혀 그 어떤 것도 탐하는 마음이 사라집니다. 그래서 나는 별을 참 좋아합니다.

내 시의 소재에는 별이 많습니다. 그런데도 시마다 별의 색깔이 다 다릅니다. 그만큼 별은 바라보는 각도에 따라, 마음이 느끼는 느낌에 따라 다양성을 지니는 오묘한 존재입니다. 별은 나에게 많은 서정을 가져다주는 내 연인이며 사랑이며 동경이며 꿈이며 상상력의 원천입니다.

어느 해 여름날 나는 티 없이 맑은 밤하늘 바라보다 반짝반짝 빛나는 별을 보고 그 극치감에 사로잡혀 순식간에 시를 쓰게 되었습니다.

그 시를 소개합니다.

별을 보면
이 세상 모든 슬픔과 아픔을
어루만져 다독여줄 것만 같다.

시시때때로 나도 모르게
시린 가슴이 될 땐
야윈 두 뺨 위에 흘러내리는
차가운 눈물을 닦아줄
따뜻한 별 하나 갖고 싶다.

별을 보면
이 세상 모든 사랑과 평화를
따스하게 품어 안고 있을 것만 같다.

내 사랑이 모자라
사랑하는 이가 눈물을 보일 때나
내 이기심이 사랑하는 이를 분노하게 할 땐
허허로운 내 빈 가슴을 가득 채워줄
따뜻한 별 하나 갖고 싶다.

별을 보면
새하얗게 반짝이는 별이 되어
내가 사랑하는 모든 이들에게
죽어서도 사라지지 않을
따뜻한 별 하나 남기고 싶다.

아낌없이 부족함 없이 사랑하라

이는 나의 〈따뜻한 별 하나 갖고 싶다〉라는 시입니다.

여기서 따뜻한 별이란 사랑과 행복을 말하는 것으로, 사람은 누구나 따뜻한 별을 품고 살길 원하는 마음을 표현해 보았습니다. 밤하늘에 흰 눈가루처럼 펼쳐져 반짝이는 별을 보고 숨이 막히도록 감동에 젖어 본 사람은 별이 사람들에게 주는 위안의 가치를 인정하게 됩니다.

이처럼 우리는 사랑하는 이들을 위해 사랑의 별이 되어야 합니다. 별이 되어 그들의 가슴에 희망을 주고 행복을 심어주는 사람이 된다면 더할 나위가 없겠지요. 그리고 따뜻한 별을 품고 사는 어린 왕자가 되어보는 건 어떨까요?

어린 왕자가 되어
"나는 당신을 사랑합니다." 하고
다정다감하게 말을 전해주는 사람이 되어야
자기 자신도 그만큼의 행복을 더 느끼게
되지 않을까 싶습니다.

07

절제가 필요한 사랑

무언가에 집착한다는 것은 긍정적인 측면에서는 좋을 수도 있지만,
부정적인 시각에서는 오히려 독이 될 수 있습니다.

무언가에 집착한다는 것은 긍정적인 측면에서는 좋을 수도 있지만, 부정적인 시각에서는 오히려 독이 될 수 있습니다.

가령 일이나 공부를 할 때 집착은 정신을 집중시키는 효과를 줌으로써 발전적으로 작용하지만, 사랑에 있어서의 집착은 그 사랑을 구속하는 경우를 초래하게 되어 화를 부르는 경우가 많습니다. 매스컴을 통해 가끔씩 듣게 되는 불행한 사랑 끝에는 집착이 원인이 되는 경우가 많습니다.

사랑의 집착은 무서운 것입니다. 너무 사랑한 나머지 강렬한 사랑의 소유욕에 빠지기 전에 스스로에게 제동을 걸어야 합니다. 그렇지 않으면 그로 인해 씻을 수 없는 상처를 입어 사랑하는 사람을 원망하게 되고, 미워하게 되어 앞에서 언급했듯 비참한 종말을 맞을 수도 있습니다.

"애정에는 두 가지가 있다. 혼자 독점하고 싶은 강렬한 소유욕에 속하는 애정은 불행의 원인이 되기 쉽다. 담담하면서도 다정한 관심과 흥미, 이러한 애정은 오래 지속되고 또 행복을 보태준다."

이는 영국의 철학자인 버트런드 러셀의 말입니다.

그는 이 이야기를 통해 사랑에도 지켜야 하는 원칙이 있음을 말해줍니다. 그의 말에 의하면 사랑에 빠진 사람들이 가장 경계해야 할 것이 있다면 지나친 소유욕에서 오는 집착입니다.

집착은 사랑하는 이에 대한 강렬한 사랑의 확인이라는 차원에서 때로는 긍정적일 수 있지만, 그것이 도가 넘으면 상대방이나 자신에게 치명적인 아픔을 가져오게 하는 불행을 낳습니다.

아무리 맛있는 음식도 절제해야 합니다. 맛있다고 무턱대고 마구 먹다가는 배탈이 나기도 하고 대책 없이 비만증에 걸릴 수 있습니다. 그렇게 되면 건강을 해치게 되어 불상사를 초래할 수 있습니다. 이와 마찬가지로 사랑에도 절제가 필요한 겁니다.

오래가는 사랑, 변함없이 늘 그대로인 사랑을 원한다면 사랑을 컨트롤 할 수 있는 능력을 길러야 합니다.

행복한 아침을 여는 책

사랑의 절제!
이는 행복한 사랑에 있어
꼭 필요한 요소입니다.

08
사랑에 인색하지 마라

사랑은 정성입니다.
정성이 없는 사랑은 하지도 말고 받지도 말아야 합니다.

'사랑을 하는 데 인색한 사람이 어디 있을까?' 생각할지 몰라도 주변을 살펴보면 자신만 아는 사람들이 의외로 많음에 놀라지 않을 수 없습니다.

왜 그런 현상이 나타나는 걸까요?

단적으로 말해 사랑 앞에 이기심을 버리지 못하기 때문입니다. 내 사랑을 주면 나만 손해를 본다는 생각의 지배를 받게 됨으로써 옹졸한 마음이 들지요. 옹졸한 마음이 사랑을 차단시키는 것입니다.

사랑이란 아낌없이, 조건 없이 자신의 모두를 줄 수 있을 때 그 빛을 발하게 됩니다. 하지만 그러지 못한다면 이런 사랑은 아무런 의미가 없습니다. 의미 없는 사랑은 당연히 오래가지 못할 뿐만 아니라 삶의 향기도 없습니다. 상대방에게 나의 진실 된 사랑을 줄 때에만 비로소 상대 또한 나에게 아낌없는 사랑을 주는 것입니다.

인색하게 굴면서 다른 사람에게 사랑을 받으려고만 한다면 너무 이기적인 생각입니다. 그런 사람에겐 아름다운 사랑을 기대할 수 없습니다.

"다른 사람을 사랑하기에 인색한 사람은 다른 사람 또한 나를 헌신짝만큼이나 알 것이다. 다른 사람을 소중하게 여길 때에 다른 사람도 나를 소중히 받들어 줄 것이다. 사람의 본성은 좋은 일을 간절히 바라고 있다. 만약 이 천성을 좇지 않게 되면 마음이 쓰라리고, 천성을 좇았을 적에는 마음이 유쾌하다. 그러므로 착한 방향으로 나아감은 순풍에 돛단배가 가는 것과 같다."

이는 동양명언입니다.

이 글의 핵심 역시 인색한 사랑을 하지 말라는 것입니다. 그 이유는 내가 인색하게 굴면 상대방 또한 나에게 인색하게 대한다는 것입니다.

사랑은 정성입니다. 정성이 없는 사랑은 하지도 말고 받지도 말아야 합니다. 서로에게 무가치한 일일 뿐입니다. 진정으로 행복한 사랑을 원한다면 인색한 마음을 버려야 합니다.

그리고 다른 사람을 소중하게 여기는 마음을 가져야 합니다. 그러면 자신 또한 다른 사람에게 소중히 여김을 받는 한 사람이 될 것입니다.

아낌없이 부족함 없이 사랑하라

09
사랑의 계산법

사랑하는 사람에게 주는 것이 아까워 계산기를 두드린다면 그것은 매우 어리석은 일입니다. 아깝다고 생각하는 사랑은 애초에 시작하지를 말아야 합니다. 사랑을 일반적인 계산법으로 적용하지 말아야 합니다. 일반적인 계산법은 하나를 받고 또 하나를 받으면 둘이 되지만, 사랑은 하나를 주면 둘을 얻고, 둘을 주면 백을 얻을 수도 있습니다.

그런데 어리석게도 일반적인 계산법으로 사랑을 하는 사람들이 있습니다. 소중한 사랑을 꿈꾼다면 자신의 사랑을 사랑하는 사람에게 맘껏 퍼주십시오. 그러면 더 큰 사랑의 값이 되돌아올 것입니다. 왜냐하면 사랑은 산술적인 계산법으로 하는 것이 아니라 마음으로 하는 것이기 때문입니다.

나를 주므로

둘을 얻을 수 있는 게 사랑이다.

하나를 줄 땐 아깝다는 생각이 들 것이다.

그러나 그것은 어리석은 계산법이다.

사랑 앞에선 하나가 둘이 되고,

열이 백이 되고, 백이 천이 되고,

천이 만이 되고, 만이 억이 되는 것이다.

이는 나의 시집 〈따뜻한 별 하나 갖고 싶다〉에 수록되어 있는 시 〈사랑의 소고小考 9〉입니다.

'사랑이란 대체 무엇이기에 사람의 마음을 들뜨게 하는가'라고 생각해보면 그 사랑의 실체에 대해 알 것 같기도 하고 또 한편으로는 고개가 갸웃거려집니다. 쉬운 것 같으면서도 어려운 게 사랑이니까요.

사람들은 사랑을 하면서 상대방에 대한 사랑의 무게를 저울질하는 경우가 종종 있습니다. "나는 이렇게 해주었는데, 너는 이게 뭐냐" 하는 식으로 말입니다. 나는 이런 생각을 불식시켜야겠다는 마음으로 이 시를 쓰게 되었습니다.

나 또한 이런 생각에서 멀어지려는 내 자신을 발견할 때마다 이 시를 꺼내 읽으면서 자중하고 반성합니다.

사랑은 내어 줄수록
커지는 화수분입니다.

아낌없이 부족함 없이 사랑하라

10
책임질 줄 아는 사랑

사랑은 책임감이 따라야 합니다. 그 어떤 경우에도
자신의 사랑에 대해 책임을 질 때 책임을 져야 합니다.

사랑을 하다 보면 기쁨도 있고, 슬픔도 있고, 아픔도 따르기 마련입니다. 그런데 기쁨만 좇는 사랑만을 일삼고 아픔과 슬픔을 두려워한 나머지 외면한다면 그런 사랑은 진정한 사랑이 아닙니다. 사랑으로 위장한 거짓사랑일 뿐입니다.

사랑은 책임감이 따라야 합니다. 그 어떤 경우에도 자신의 사랑에 대해 책임을 져야 합니다. 책임지지 못하는 사랑은 사랑으로써 가치가 없습니다. 가치가 없는 사랑은 감동도 없고 감흥도 없습니다. 언제 깨질지 모르는 화병과 같습니다.

책임지지 못하는 사랑으로 울고불고하는 사람들을 보면 사랑에 있어 책임감이 얼마나 중요한 것인지를 새삼 깨닫곤 합니다.

그러기에 진정한 사랑은 죽음까지도 함께할 수 있는 책임감 넘치는 사랑이어야 합니다. 상황에 따라 자신의 이기심을 좇아가는 사랑은 하지 말아야 합니다. 그런 사랑엔 독毒이 들어 있으니까요.

언제나 먼저 지는 몇 개의 꽃들이 있습니다.

아주 작은 이슬과 바람에도 서슴없이 잎을 던지는,

뒤를 따라 지는 꽃들은 그들을 알고 있습니다.

아이들과 함께 꽃씨를 거두며 사랑한다는 일은

책임지는 일임을 생각합니다.

사랑한다는 일은 기쁨과 고통, 아름다움과 시듦, 화해함과 쓸쓸함

그리고 삶과 죽음까지를 책임지는 일이어야 함을 압니다.

시드는 꽃밭 그늘에서 아이들과 함께 꽃씨를 거두어 주먹에 쥐며

이제 기나긴 싸움은 다시 시작되었다고 나는 믿고 있습니다.

아무것도 끝나지 않았고 삶에서 죽음까지를 책임지는 것이

남아있는 우리들의 사랑임을 압니다.

꽃에 대한 씨앗의 사랑임을 압니다.

이는 도종환 시인의 〈꽃씨를 거두며〉라는 시입니다. 시인은 이 시에서 책임질 줄 아는 사랑을 해야 한다고 말합니다. 그렇습니다. 책임을 질 수 없다면 그런 사랑은 하지 말아야 합니다. 그렇지 않으면 자칫 자신이나 상대방에게 깊은 고통과 아픔만을 남겨 줄 뿐입니다. 사랑을 장난처럼 여기는 사람들을 보면 너무나 안타까운 마음에 가슴이 저려 오기도 합니다. 그들은 사랑의 행위를 일순간 즐거움을 위한 놀이쯤으로 여기는 것 같습니다. 재미있을 때는 신나게 가지고 놀다가도 흥미를 잃게 되면 내팽개치는 그런 장난감처럼 말입니다.

아낌없이 부족함 없이 사랑하라

그런 사랑은 하지도 말고
받지도 말아야 합니다.
오직 사랑만을 위한
사랑을 해야 합니다.

11
사랑이 아름다운 이유

사랑은 하면 할수록 자꾸만 하고 싶어집니다.
왜냐하면 사람의 마음을 자석처럼 끌어당기기 때문입니다.

아무리 강조해도 부족함을 느끼게 되는 것이 사랑입니다. 사랑은 하면 할수록 자꾸만 하고 싶어집니다. 왜냐하면 사람의 마음을 자석처럼 끌어당기기 때문입니다.

그러나 이렇게 아름다운 사랑을 하다 보면 자신의 뜻과는 달리 어긋나는 경우가 종종 있습니다. 오해로 인해 가슴 아픈 일도 겪게 되고, 원치 않은 이별도 맞게 됩니다. 그럴 때 절망하기도 하고 몸부림에 젖기도 합니다.

그러나 실의에 빠지거나 좌절감에 사로잡히는 것을 조심해야 합니다. 자칫 슬픔의 노예가 되어 시시때때로 눈물지으며 스스로를 원망함으로써 비루한 삶으로 전락하는 우를 범할 수 있습니다.

우리는 값진 사랑을 말할 때 흔히 위대한 사랑이라고 합니다. 사랑을 위대하다고 말하는 것은 어떤 상황에서도 무너지지 않

아낌없이 부족함 없이 사랑하라

고 그 사랑을 끝까지 지켜냈기 때문이지요. 사랑을 아름답다고 하는 것 역시 가치 있는 사랑을 두고 하는 말입니다.

　겨울을 이기고 사랑은
　봄을 기다릴 줄 안다
　기다려 다시 사랑은
　불모의 땅을 파헤쳐
　제 뼈를 갈아 재로 뿌리고
　천년을 두고 오늘
　봄의 언덕에
　한 그루 나무를 심을 줄 안다

　사랑은
　가을을 끝낸 들녘에 서서
　사과 하나 둘로 쪼개
　나눠 가질 줄 안다
　너와 나와 우리가
　한 별을 우러러보며

이는 김남조 시인의 〈사랑은〉이라는 시인데 사랑의 속성을 잘 표현한 시입니다. 사랑을 흔히 장밋빛 스카프처럼 생각하기 쉽고 또 사실 그렇게 생각을 합니다. 스카프로 한껏 멋을 내듯 사랑을 삶의 한 방편쯤으로 여깁니다. 사랑은 삶의 한 방편이 아니라 삶의 전부입니다. 사랑이 삶의 전부라고 여기면 누가 감히 그 사랑을 인생의 오락 중의 하나라 생각하겠는지요. 사랑을 가볍게 여기는 일은 결코 없어야 합니다.

사랑은 끈질긴 생명력이 있습니다. 어떤 고난과 시련이 닥쳐와도 절대로 물러서지 않을 정도로 포용력과 담대함이 있어 고난과 시련에 당당히 맞서 싸워서 끝내는 승리를 하고야 맙니다.

겨울을 이긴 사랑은 봄을 기다릴 줄 알고, 봄을 기다린 사랑은 자신의 뼈를 재로 내주어 봄의 언덕에 한 그루 나무를 심을 줄 아는 용기와 신념을 가지고 있습니다. 사과를 둘로 쪼개 나누어 먹을 줄도 아는 너그러움 역시 가지고 있습니다.

이처럼 사랑은 인내요, 용기요, 희망이요, 신념입니다.

아름다운 사랑을 원한다면 가치 있는 사랑을 하십시오. 가치 있는 사랑이야말로 진실로 아름다운 사랑이니까요.

아낌없이 부족함 없이 사랑하라

12
사랑의 쉼터

소중한 사랑은 마치 위안을 주고
평안을 주는 나무와 같습니다.

사랑이란 편하고 부드러워야 합니다. 딱딱하거나 빡빡한 것은
진정한 사랑이 아닙니다. 아무리 깊은 사랑에 빠진 사람들이라
도 딱딱하거나 빡빡한 사랑은 원치 않을 겁니다. 안식할 수 있는
부드럽고 따스한 사랑을 원하는 까닭이지요. 부드럽고 포근한
사랑을 위해선 노력이 필요합니다. 노력 없이 좋은 결과를 얻을
수 있는 것은 아무것도 없으니까요.

진정 예쁘고 아름다운 사랑을 만들기 위해서는 서로가 서로에
게 사랑의 나무가 되어 향기로운 사랑의 꽃을 피워 사랑하는 사
람이 언제나 기뻐할 수 있도록 해야만 합니다. 지치고 외로울 땐
언제든지 찾아와 편히 쉴 수 있는 쉼터가 되어 주어야 합니다.

다음은 나의 〈나무〉라는 시입니다.

어느 햇살 좋은

양지녘 한 그루 나무 되어
철마다 꽃을 피워 향기를 품고
내 사랑하는 사람들 가슴에
달콤한 쉼터가 되고 싶다.

어느 햇살 좋은 봄날이었습니다. 나는 그때 들길을 걷고 있었습니다. 들길을 걸어가는데 따뜻한 햇살이 봄비처럼 쏟아져 내렸습니다. 그 맑고 화사한 햇살이 마치 하나님이 우리 인간들에게 보내주시는 미소 같았습니다. 내 입에서는 노래가 절로 나왔고, 발걸음은 발레를 하는 발레리나처럼 경쾌했습니다.

그러던 중 저 멀리 마을 언덕 위에 우뚝하니 서 있는 느티나무를 보았습니다. 갑자기 그 넓은 품에 안기고 싶었습니다. 그 품에 안기기만 해도 위안을 받고 평안을 느낄 것만 같았습니다.

소중한 사랑은 마치 위안을 주고 평안을 주는 나무와 같습니다. 그때의 느낌을 적은 것이 바로 〈나무〉라는 시입니다.

나무 같은 사랑을 해야 합니다. 그래서 사랑하는 이에게 사랑의 쉼터가 되어야 합니다. 이런 사랑이 못 견디게 간절한 시대에 우리는 살고 있습니다.

아낌없이 부족함 없이 사랑하라

13
이기적인 사랑

자신을 사랑하는 만큼 다른 사람도 생각할 줄 아는 사람이
진정 행복한 사람입니다.

사람들은 누구나 소중한 인격체입니다. 태어날 때부터 인격권은 부여받기 때문입니다. 그래서 우리는 행복하게 살 권리가 있습니다. 그런데 그것이 지나쳐 자칫 눈살을 찌푸리게 합니다.

사람들 중엔 자신만을 중요하게 여기는 탓에 상대방에게 상처 주는 일을 아무렇지도 않게 하곤 합니다. 그것은 크나큰 잘못입니다. 그런데도 그것을 잘 모릅니다.

자신이 중요하면 그만큼 다른 사람도 중요합니다. 자신만의 행복한 사랑을 위해서 수단과 방법을 가리지 않는 사람은 사랑받을 자격조차 없습니다. 자신을 사랑하는 만큼 다른 사람도 생각할 줄 아는 사람이 진정 행복한 사람입니다.

"세상에는 자기를 사랑하고 또 누군가로부터 사랑 받기를 원하면서도 다른 사람을 괴롭히고 해치면서 사랑을 멀리하는 사람이 많다."

이는 영국의 극작가인 조지 버나드 쇼의 말입니다.

그렇습니다. 사람은 누구나 자신을 끔찍이 사랑하고 아끼기 마련입니다. 이는 지극히 당연한 일입니다. 이 세상에서 자신만큼 자신을 사랑하는 사람은 없으니까요. 그런데 문제는 자신은 그토록 끔찍이도 사랑하면서 다른 사람의 사랑에는 무관심하다는 것입니다.

버나드 쇼는 사람들의 이런 모습에서 이율배반적인 모순을 발견한 것입니다. 한마디로 말해 이런 사랑을 이기적인 사랑이라고 합니다.

생각해 보십시오.

이런 사랑이 과연 온당한 사랑인가를.

아마 다들 아니라고 말할 것입니다. 그렇다면 문제는 간단합니다. 이기적인 사랑을 하지 않으면 되는 것입니다.

아낌없이 부족함 없이 사랑하라

14
질투심을 버려라

질투심은 사람의 눈을 멀게 하고
마음을 강퍅하게 만드는 사랑의 좀벌레입니다.

사랑을 하다 보면 자신도 모르는 사이에 질투심을 품게 될 때가 있습니다. 자신이 사랑하는 사람이 다른 사람에게 조금만 친절을 베풀거나 미소를 지어 보이기라도 하면 은근히 화가 치밀어 오르는 것을 누구나 한 번쯤은 경험했으리라 생각합니다.

"인간이기에 그럴 수밖에 없지 않느냐"고 말을 해도 그다지 무리가 따르지 않는 말입니다. 그러나 그것이 지나치면 큰 화를 가져오게 되는 것은 불을 보듯 뻔한 일입니다. 불행한 사람은 바로 자신이며 그다음이 사랑하는 사람이고, 또 그다음이 주변 사람들입니다.

질투심이 변하게 되면 증오심이 되는데 이 증오심은 대책이 없을 만큼 무서운 것입니다. 모든 사랑의 종말에는 증오심이 원인이 되니까요.

"질투심이 강한 사람의 사랑은 증오심으로 변한다.
질투는 남보다도 자기를 해치는 기술이다."

이는 프랑스의 소설가인 알렉상드르 뒤마가 한 말로, 질투심이
얼마나 무서운 것인가를 잘 나타내주고 있습니다. 온전하고 아
름다운 사랑을 꿈꾼다면 질투심을 버려야만 합니다. 마음을 너
그럽게 갖고 참을성을 기르십시오. 질투심은 사람의 눈을 멀게
하고 마음을 강퍅하게 만드는 사랑의 좀벌레입니다.

아낌없이 부족함 없이 사랑하라

15
사랑의 힘

사랑이란 참으로 좋은 것입니다. 사랑 앞엔 불가능도 가능하게 되고,
도저히 용서할 수 없는 일까지도 용서가 되니까요.

사람이 사랑을 하게 되면 많은 에너지가 발생합니다. 그 에너지는 상상을 초월할 만큼 강하고 힘이 넘칩니다. 사랑을 하면 사랑하는 이에게 최선을 다하려는 마음에서 오는, 보이지 않는 힘으로부터 오는 두려움을 없애는 신비한 능력을 가지고 있기도 합니다. 목숨이 위협받는 긴박한 상황에서도 자신의 몸을 사리지 않고 사랑하는 이를 위해 과감히 내던져 맞서는 것은 그런 이유 때문입니다.

그러고 보면 사랑이란 참으로 좋은 것입니다. 사랑 앞엔 불가능도 가능하게 되고, 도저히 용서할 수 없는 일까지도 용서가 되니까요. 이것은 사랑만이 지닐 수 있는 힘, 그 힘이 함께하기 때문입니다.

"참다운 사랑의 힘은 태산泰山보다도 강하다. 그러므로 그 힘은 어

떠한 힘을 가지고 있는 황금일지라도 무너뜨리지 못한다."

이는 에우리피데스, 아이스킬로스와 함께 고대 그리스의 3대 비극시인 중 한 사람인 소포클레스가 한 말입니다.

소포클레스 말처럼 참다운 사랑은 태산보다도 강합니다. 어디 그뿐인가요. 사하라 태풍보다도 강하고 쓰나미 해일보다도 강합니다. 참사랑 앞에 대적할 것은 아무것도 없습니다. 그것은 오직 진실한 사랑만이 대적할 수 있습니다.

사랑을 이기는 힘은 오직 사랑입니다.

사랑하십시오.
오늘이 마지막이듯 사랑하고
내일을 처음이듯 사랑하십시오.
그 사랑이 최선의 사랑이고
최고의 행복을 가져다줄 테니까요.

아낌없이 부족함 없이 사랑하라

16
사랑한다는 것은

사랑은 자신을 비우는 일입니다.
다시 말하면 이기심을 갖고 사랑을 하지 말라는 말입니다.

우리는 사랑한다는 말에 익숙하지 못한 민족입니다. 그래서 사랑한다는 말을 들으면 공연히 얼굴이 빨개지고 콧등이 근질근질거립니다. 그렇다고 해서 사랑을 대수롭지 않게 여기거나 무시하지는 않습니다. 다만, "사랑해" 또는 "사랑합니다"라는 말에 익숙하지 못할 뿐입니다.

그렇다면 어떻게 사랑을 해야 잘 하는 사랑일까요?

사랑은 자신을 비우는 일입니다. 다시 말하면 이기심을 갖고 사랑을 하지 말라는 말입니다. 그 이기심으로 간혹 서로의 사랑이 깨질 수도 있기 때문입니다. 사랑은 자신을 낮추는 일이며 목숨과도 같은 것으로 자신을 바치는 일입니다. 사랑하는 사람 앞에 너그러워지라는 말이며, 목숨처럼 소중하게 대하라는 말입니다. 또한 자신의 몸을 사리지 말라는 얘기입니다.

사람이라면 누구나 자신을 너그럽게 대하고 소중하게 여길 줄 아는 사람을 좋아합니다. 그러므로 행복한 사랑을 원한다면 자신

을 비우고, 자신을 낮추며, 사랑하는 사람이 원치 않는 일은 하지
않는 게 좋습니다. 사랑은 지극히 숭고하고 은혜로운 것이니까요.

사랑한다는 건
자신을 비우는 일이다.

누굴 사랑한다는 것은
자기를 낮추는 일이다.

자신의 이해관계나
자신의 욕망도
사랑하는 이가 원치 않는다면
미련 두지 말고 버려라.

사랑한다는 건
목숨과도 같은 것

누굴 사랑한다는 건
자신을 바치는 일이며
자신의 사랑을 사랑하는 이를 위해
아낌없이 주고
아낌없이 받아들이는 일이다.

아낌없이 부족함 없이 사랑하라

그리하여
사랑한다는 건
자신을 비우는 일이며
자신을 낮추는 일이며

누굴 사랑한다는 것은
목숨과도 같은 것이며
자신을 아낌없이 바치는
숭고하고 은혜로운 일이다.

이는 〈사랑한다는 것은〉이라는 나의 시입니다.

내가 살아오는 동안 느끼고 깨달은 게 있다면 아름다운 사랑, 참 좋은 사랑은 사랑하는 이에게 절대적인 믿음과 신뢰를 주는 사랑이라는 것입니다. 믿음을 갖게 한다면 사랑하는 이 역시 자신의 믿음과 신뢰로써 대해줍니다.

사랑한다는 것은 자신을 온전히 바치는 일입니다. 이런 사랑이야말로 참으로 값진 사랑이지요.

나는 이런 깨달음을 통해 이 시를 썼습니다. 오래가는 사랑, 충만한 행복을 위해서는 자신을 조금은 낮추고, 사랑하는 이를 높여주고 배려해야 하겠습니다.

17
꼭 필요한 사랑

자신이 부족한 것은 사랑하는 사람에게 구하고, 사랑하는 사람에게 부족한 것은
자신이 채워주면 되는 것입니다.

사람들은 서로가 누군가에게 꼭 필요한 존재입니다. 이러한 존재론적인 것이 사람들을 더 이상 사람일 수밖에 없는 한계에 묶어두기도 하지만, 그래서 사람들에게 사랑은 더욱 필요한 것입니다.

사람들은 여러모로 부족한 존재이며 미완성의 존재입니다. 그 부족한 것은 다름 아닌 사랑을 통해서만 채워나갈 수 있습니다. 자신이 부족한 것은 사랑하는 사람에게 구하고, 사랑하는 사람에게 부족한 것은 자신이 채워주면 되는 것입니다.

그런데 일방적인 사랑으로 인해 쓰라린 고통을 호소하는 사람들이 있습니다. 일방적인 사랑은 메아리와 같기 때문에 공허하고 쓸쓸합니다. 그래서 일방적인 사랑은 그 어느 때고 좋은 결실을 맺기가 어려운 것입니다. 따라서 일방적인 사랑은 자신에게나 상대방에게 결코 바람직하지 않습니다.

아낌없이 부족함 없이 사랑하라

자신이 원하는 사랑을 차지하기 위해선 상대방이 감동하고 감격할 수 있도록 해야 합니다. 노력하는 사랑은 언제나 좋은 결과를 낳게 하니까요.

세상에 둘도 없는 친구나
이 세상 하나뿐인 다정한 엄마도
가끔 멀리하고 싶을 때가 있는데
당신은 아직 한 번도 싫은 적이 없습니다.
어떤 옷에도 잘 어울리는 벨트나
예쁜 색깔의 매니큐어까지도
몇 번 쓰고 나면 바꾸고 싶지만
당신에 대한 마음은 아직 한 번도
변한 적이 없습니다.
새로 산 드레스도
새로 나온 초콜릿도
며칠만 지나면 곧 싫증나는데
당신은 아직 한 번도
싫증난 적이 없습니다.
오래 숙성된 포도주나 그레이프 디저트도
매일 먹으면 물리는데
당신은 매일매일 같이 있고 싶습니다.

행복한 아침을 여는 책

이는 영국의 소설가로, 페미니즘과 모더니즘의 선구자인 버지니아 울프의 〈이런 사랑〉이라는 시입니다.

버지니아 울프는 이 시에서 '당신은 아직 한 번도 싫증난 적이 없습니다'라고 말합니다. 그래서 '당신은 매일매일 같이 있고 싶다'고 고백하지요. 얼마나 사랑하는 이가 좋으면 이처럼 만족해할 수 있을까, 대체 어떻게 했기에 이처럼 버지니아 울프를 사로잡을 수 있었을까요.

버지니아 울프는 평생을 우울증에 시달리며 수차례에 걸쳐 자살을 시도했습니다. 하지만 그녀의 남편인 레너드 울프는 그런 그녀의 모든 것까지도 헌신적으로 사랑했습니다. 그녀를 위해 호가스 출판사를 차리고, 그녀가 책을 출간할 수 있도록 용기와 힘을 북돋워주었지요. 그리고 마침내 그녀는 명성을 떨치는 작가이자 여성운동가가 되었습니다.

버지니아 울프에 대한 남편 레너드 울프의 헌신적인 사랑은 그녀에게 '남편은 싫증나지 않는 사랑'이라고 시로써 고백하게 했습니다.

버지니아 울프의 경우에서 보듯 사람은 누구나 자신을 위해 노력하고, 최선을 다하는 사람에게 감동하게 되고, 그를 오래 마음에 담아두게 되지요. 싫증나지 않는 사랑이란 감동을 주는 사랑입니다. 감동을 주는 사랑은 오래도록 마음에 여운을 남기는 까닭이지요. 그리고 그런 사랑이야말로, 누구나가 해야 할 꼭 필요한 사랑이랍니다.

아낌없이 부족함 없이 사랑하라

18
사랑은 끊임없는 관심이다

관심은 사랑으로 가는
징검다리입니다.

사랑하는 사람이 함께 있으면 아픔도 고단함도 이겨낼 수 있고, 답답한 마음도 씻어낼 수 있습니다. 그것이 바로 사랑인 것입니다. 그래서 사람들은 끊임없이 사랑하는 사람에게 자신을 집중시키기 위해 무척이나 애를 씁니다. 즉 자신에게 관심을 가져주길 바라는 것입니다.

사람은 누구나 자신에게 관심을 가져주는 사람을 좋아하게 되고, 또 그 사람에게 관심을 기울이게 되는 것입니다. 사랑은 관심입니다. 사랑하는 이를 위해서라면 물방울 같이 보잘것없는 작은 것까지도 끊임없이 지켜보며 관심을 가져야 합니다.

무엇인가가 창문을 똑똑 두드린다.
놀라서 소리 나는 쪽을 바라본다.
빗방울 하나가 서 있다가 쪼르륵 떨어져 내린다.

우리는 언제나 두드리고 싶은 것이 있다.
그것이 창이든, 어둠이든
또는 별이든.

강은교 시인의 〈빗방울 하나가 5〉라는 시입니다.

사람들은 가끔씩 그 무엇엔가 기대고 싶어 하고 위로받고 싶어합니다. 자신의 삶이 아프고 고단하여 답답할 때면 더욱 그러합니다. 이럴 때 필요한 것이 바로 사랑입니다.

시인은 이 시에서 '우리는 언제나 두드리고 싶은 것이 있다 / 그것이 창이든, 어둠이든 / 또는 별이든'이라고 말합니다. 두드린다는 것은 관심을 끌기 위한 행위입니다. 누가 좀 나를 봐 달라는 간절한 호소지요.

그렇습니다. 사람은 누군가에게 관심 받기를 원합니다. 특히 사랑하는 사람에겐 절대적이지요. 사랑하는 이에게 끝없이 관심을 기울이고, 관심을 끄는 사랑의 주연이 되십시오.

관심은 사랑으로 가는 징검다리입니다.

아낌없이 부족함 없이 사랑하라

19

잃어버린 사랑을 찾아서

　요즘 우리는 사랑을 너무 가볍게 여기며 사는 것 같아 안타까운 마음이 들 때가 한두 번이 아닙니다. 사랑은 그 어떤 것일지라도 소중한 것이거늘 사랑을 헐값에 팔아넘기는 물 지난 생선처럼 여기며 사랑을 모독하는 사람들이 있습니다. 그뿐만이 아니라 사랑을 썩은 감정이라 여기며 함부로 대하고 깔보기도 합니다.

　이런 사랑의 감정 때문에 오늘날 사랑의 중요성이 깨지고 사랑을 한낱 쾌락의 배설물로 여기는 우려를 낳게 된 것입니다. 그러다 보니 사랑은 점점 멀어져 가고 세상은 아득해져 갈 수밖에 없지요. 이러한 삶을 살아간다는 것은 위험천만한 일입니다. 사랑이 떠나버린 삶은 황량한 모래바람이 이는 사막처럼 삭막하니까요.

　사랑을 찾아야 합니다. 소중한 사랑으로 돌아가야 합니다. 그 무엇보다 삶을 아름답게 가꾸어주는 참사랑으로 돌아가야 합니다. 이러한 나의 염원을 담아 〈사랑으로 돌아가라〉라는 시를 썼습니다. 한번 감상해보는 것도 좋을 것 같아 소개합니다.

사랑으로 돌아가라
사랑을 업신여기지 마라
그 사랑을 가벼이 여기지 마라
그 사랑을 방관치 마라
자기를 버리는 자만이
남을 사랑할 수 있고
자신을 사랑할 수 있는 자만이
남을 용서할 수 있나니
사랑은 작은 마음으로도 큰 것을 얻게 하고
이룰 수 없는 마음으로도
내일을 바라보게 한다
사랑을 썩은 감정이라 부르지 마라
헐값에 팔아넘기는 물 지난 생선처럼
여기지도 말며 풋내기들이 벌이는
어설픈 연애 감정으로 여기지 마라
사랑을 빈껍데기처럼 깔보지 마라
이 세상이 아름다운 건
그 사랑이 함께 하기 때문이다

아낌없이 부족함 없이 사랑하라

사랑하라, 서로를 위해 사랑하라
그 사랑으로 그대 또한 행복하리니
사랑으로 돌아가라
잃어버린 그 사랑으로 돌아가라

어떻습니까? 공감이 되는지요? 공감이 된다면 나의 즐거운 보람으로 여기겠습니다.

자신이 혹 사랑을 잃었거나
어떤 일로 잠시 잊고 있다면
어서 속히 그 사랑을 찾아야 합니다.
알고도 그대로 둔다면 언젠가는 절망하게 될지도 모릅니다.
절망하지 않기 위해서는 지혜롭게 사랑해야 합니다.
지혜롭게 사랑해야 더 큰 행복을 얻게 된답니다.

20
인생에 있어 가장 즐거운 시간

인생에 있어 사랑처럼 사람들의 마음을 들뜨게 하고
아름답게 가꾸어 주는 것은 없습니다.

인생에 있어 사랑처럼 사람들의 마음을 들뜨게 하고 아름답게 가꾸어 주는 것은 없습니다. 사랑을 하면 누구나 천사가 되고 행복한 어린 왕자가 됩니다. 그래서 사랑에 빠지면 즐겁고 행복한 마음에 나쁜 것은 눈에 들어오지 않고 예쁘고 좋은 것만 바라보려고 합니다.

이것이 사랑이 지닌 절대적인 매력이며 힘인 것입니다. 자연히 사랑하는 사람들은 수정 같이 맑고 아름다운 언어로 서로의 감정을 이야기하게 되고, 그 이야기는 사랑하는 사람들의 마음을 사로잡게 되어 인생에 있어 가장 즐거운 시간을 보내게 되는 것입니다.

사랑은 즐거운 것입니다. 사랑을 하게 되면 모두가 아름다운 마음을 갖게 됩니다. 인생에 있어 가장 즐거운 시간을 보내려면 늘 사랑하는 마음을 한가득 품고 살아야 합니다.

아낌없이 부족함 없이 사랑하라

"인생에 있어서 가장 즐거운 시간은,
아무도 모를 두 사람만의 언어로 누가 보아도 아름답고
맑은 수정水晶과 같은 이야기를 주고받을 때일 것이다."

이는 독일의 시성 괴테가 한 말입니다.
그렇습니다. 괴테의 말처럼 수정 같이 맑고 아름다운 이야기는
인생에 있어서 즐거운 시간을 갖게 합니다. 수정처럼 맑은 이야
기는 사람들의 마음을 맑고 깨끗하기 해주기 때문이지요.
사랑하는 사람과 이야기는 가장 멋지고 예쁜 말로 하고, 용기
와 긍지를 심어주는 긍정적인 말만 해야 합니다. 그래야 둘 사이
가 더욱 가까워지고 서로를 아낌없이 사랑하게 됩니다.
수정 같이 맑고 아름다운 이야기는 인생을 행복하게 하는 기쁨
의 메시지입니다.

21
사랑은 꽃과 같다

사랑은 봄에 피는 꽃과 같다.
온갖 것에 희망을 품게 하고 훈훈한 향내를 풍기게 한다.

사랑엔 향기가 있습니다. 그리고 그 사랑엔 희망이 있습니다. 희망이란 사람들을 얼마나 들뜨게 하는 말인지 모릅니다. 희망이 있기에 사랑을 노래하고, 사랑이 있기에 희망을 노래하게 되는 것입니다.

부귀영화를 누리는 사람에게 사랑이 없다면 그것만큼 또 허망한 것이 어디 있을까요. 넓고 넓은 바닷가나 깊고 깊은 산 속의 오막살이나 초가삼간草家三間일지라도 사랑이 있는 풍경은 아름다움 그 자체입니다.

꽃이 인간과 자연 모두에게 희망을 주듯 사랑은 인정이 메말라 가는 이 세상을 지키는 마지막 보루입니다.

"사랑은 봄에 피는 꽃과 같다. 온갖 것에 희망을 품게 하고 훈훈한 향내를 풍기게 한다. 때문에 사랑은, 향기조차 없는 메마른 폐

아낌없이 부족함 없이 사랑하라

허나 오막살이집에서도 희망을 품게 하고, 훈훈한 향내를 풍기게
한다."

이는 프랑스 소설가 귀스타브 플로베르가 한 말입니다.
그렇습니다. 사랑은 한 송이 꽃과 같습니다. 꽃이 아름다운 것
은 단순히 예뻐서가 아니라 향기가 있기 때문입니다. 향기는 생
명과 같은 것입니다. 만약 꽃에 향기가 없다면 그 꽃은 더 이상
사람들에게 환영받지 못할 것입니다. 꽃에 있어 향기는 사람에
게 있어 사랑과 같은 것입니다. 꽃과 같이 향기를 주는 사랑을
하십시오.

우리에겐 행복하게 살아야 할 권리와 의무가 있습니다.
이 권리와 의무를 아낌없이 행하고
지킴으로써 향기로운 삶을 살기 바랍니다.

22
지극한 사랑

온통 하얗게 채색된 눈부시도록 아름다운 한계령에서
걱정에 찬 사랑의 밤을 보내고 싶지 않을 사람은 아마 없을 것입니다.

한겨울 못 잊을 사람하고
한계령쯤을 넘다가
뜻밖의 폭설을 만나고 싶다.
뉴스는 다투어 수십 년 만의 풍요를 알리고
자동차들은 뒤뚱거리며
제 구멍들을 찾아가느라 법석이지만
한계령의 한계에 못 이긴 척 기꺼이 묶였으면.

오오, 눈부신 고립
사방이 온통 흰 것뿐인 동화의 나라에
발이 아니라 운명이 묶였으면.

이윽고 날이 어두워지면 풍요는

아낌없이 부족함 없이 사랑하라

조금씩 공포로 변하고, 현실은
두려움의 색채를 드리우기 시작하지만
헬리콥터가 나타났을 때에도
나는 결코 손을 흔들지 않으리.
헬리콥터가 눈 속에 갇힌 야생조들과
짐승들을 위해 골고루 먹이를 뿌릴 때에도….

시퍼렇게 살아 있는 젊은 심장을 향해
까아만 포탄을 뿌려대던 헬리콥터들이
고라니나 꿩들의 일용할 양식을 위해
자비롭게 골고루 먹이를 뿌릴 때에도
나는 결코 옷자락을 보이지 않으리.

아름다운 한계령에 기꺼이 묶여
난생처음 짧은 축복에 몸둘 바를 모르리.

나는 문정희 시인의 시를 즐겨 읽습니다. 그 까닭은 그녀의 시
는 솔직하고, 거침이 없으며, 내숭떨지 않기 때문이지요. 그래서
그녀의 시를 읽고 나면 마음이 담백해지고 가지런히 정돈된 느
낌을 받곤 합니다.
〈한계령을 위한 연가〉에는 문정희 시인다운 거침없고, 내숭떨
지 않는 솔직함이 잘 나타나 있습니다.

폭설을 만나 아름다운 한계령에서 사랑의 밤을 보내고 싶은 시적화자의 마음이 다소 도발적으로 드러나지만, 그것은 행복하고 싶은 너무도 간절한 열망에서 나온 지극한 사랑의 마음에서이지요. 이를 잘 말해주는 대목이 눈에 갇혀 꼼짝달싹할 수 없는, 사람들을 구조하러 헬리콥터가 나타났을 때에도 손을 흔들지 않고, 자신의 옷자락도 보이지 않겠다고 하는 다짐입니다.

이 아찔하도록 상큼한 시적발상이 정염에 물든 시적화자의 마음을 속물적이고 저급하게 생각하지 않고, 오히려 수긍하게 하는 것은 바로 거침없는 솔직함 때문이지요. 또한 잊지 못할 연인과 운명적으로 묶이고 싶은 마음이 간절하게 나타나 있기 때문이기도 하고요. 이는 문정희 시인이니까 할 수 있는 표현이지요. 즉, 문정희식 시적표현법이라고 할 수 있습니다.

이 시에서처럼 같은 상황이 주어진다면, 온통 하얗게 채색된 눈부시도록 아름다운 한계령에서 격정에 찬 사랑의 밤을 보내고 싶지 않을 사람은 아마 없을 것입니다. 이런 사랑이라면 나 또한 목숨을 걸고 사랑하고 싶습니다.

아낌없이 부족함 없이 사랑하라

23
사랑은 그 사랑만으로도 충분한 것

사랑하는 데 있어 사랑만 있으면 되지,
더 이상이 무엇이 필요하단 말인가?

사랑은 사랑 외에는 아무것도 주지 않으며

사랑 외엔 아무것도 바라지 않는 것,

사랑은 소유하지도 소유당할 수도 없는 것,

사랑은 사랑만으로 충분한 것이므로

이는 레바논 출신 미국 시인인 칼릴 지브란의 시집 《예언자》에 들어 있는 〈사랑에 대하여〉라는 시의 일부입니다. 이 짧은 시구는 사랑의 속성과 존재에 대해 잘 보여줍니다. 즉 '사랑하는 데 있어 사랑만 있으면 되지, 더 이상이 무엇이 필요하단 말인가?'라는 생각을 갖게 합니다. 그리고 사랑은 소유하지도 소유당하지도 않는 존재라는 것을 알게 합니다. 이는 곧 사랑을 소유하려고 하지 말라는 것이지요.

왜 그럴까요.

물질이든 금은보화든 소유하려고 하면 반드시 문제가 생기는 것처럼 사랑 또한 소유하려고 하면 문제가 생기기 때문입니다. 그것이 무엇이라 할지라도 소유라는 것 자체는 탐욕에서 오는 것이기에 소유는 늘 분쟁의 씨앗을 안고 있는 까닭이지요.

사랑 또한 소유하는 대상이 아닙니다. 사랑은 서로의 사랑을 나누는 것이고, 서로에게 자신의 사랑을 주는 것입니다. 그래야 사랑은 빛이 나고 가치가 있게 됩니다. 그리고 그로 인해 서로가 행복할 수 있는 것이지요.

그렇습니다. 사랑을 절대로 소유하려고 하지 마십시오. 소유하려는 순간 문제가 발생하게 됨으로써 사랑은 매몰차게 당신을 떠나게 될 것입니다.

사랑은 오직 그 사랑만으로 충분합니다.
그러기에 오늘이 마지막이듯 사랑하고,
세상을 다 가진 것처럼 행복하십시오.

아낌없이 부족함 없이 사랑하라

자신을 사랑하는 사랑

원하는 인생을 살고 싶다면
자신을 사랑하는 법을 배우세요.

자신을 사랑하는 방법을
배우는 것이야말로
세상에서 가장 위대한 사랑이다.

이는 동기부여가이자 만화예술가인 앤드류 매튜스가 한 말로
자신을 사랑하는 것의 중요성에 대해 잘 알게 합니다. 그런데 여
기서 분명히 해야 할 것은 자신을 사랑한다는 것은, 자신을 교만
하게 하는 것이 아니라는 것입니다. 자신을 사랑하는 것은 자신
에게 주어진 삶을 잘 살 수 있도록 스스로를 격려하고 토닥이는
마음 챙김이며 마음을 단단하게 하는 일입니다.

자신의 인생을 성공적으로 살았거나 살고 있는 사람들의 가장
큰 특징은 강철보다도 강한 긍정적인 에너지를 지녔다는 것입
니다. 가난해서 공부조차 할 수 없었지만 미국 건국의 아버지가

되고 존경받는 인물이 된 벤자민 프랭클린, 빈민가 출신으로 가난을 극복하고 세계 최고의 커피브랜드인 스타벅스의 창업자가 된 하워드 슐츠, 미국 프로 농구의 전설이 된 마이클 조던, 정부 보조 생활수급자에서 세계 최고의 작가가 된 J. K. 롤링, 평범한 교사에서 세계 최고의 인간관계 전문가가 된 데일 카네기, 온갖 어려움을 극복하고 미국 역사상 최초로 흑인 대통령이 된 버락 오바마, 29년 동안 외딴 섬 감옥에서 갇혀서도 흑인의 인권과 민주화를 꿈꾸며 마침내 꿈을 이룬 넬슨 만델라 등 수많은 이들이 최악의 상황에서도 스스로를 다독이고 격려함으로써 성공적인 인물이 되었지요.

  자신을 사랑한다는 것은 자신을 긍정적인 인물이 되게 하여, 창의적이고 생산적인 삶을 살게 하는 동력인 것입니다.

  그렇습니다. 원하는 인생을 살고 싶다면 자신을 사랑하는 법을 배우세요. 자신을 사랑하는 사람만이 자신을 잘 되게 할 수 있으니까요.

아낌없이 부족함 없이 사랑하라

행복과 불행은
사람의 마음 가운데 살고 있다.
그러므로 인생을 짧게 보는 사람에겐
행복은 허무하고 불행은 오래가지만,
원대한 희망을 가진
사람에게는 행복은 오래가고 불행은 짧다.

_ 콘스탄틴 비르질 게오르규

2

진정한 행복
그 아름다움의
가치

01
자족할 줄 아는 행복

모든 불행의 시초는 탐욕에서 옵니다.
자신을 옭아매고 삶을 뿌리 채 흔들어대는 탐욕을 버리십시오.

나는 사람이 신이 되지 못하는 가장 큰 이유는, 사람의 마음속에 흐르고 있는 욕망이란 더러운 물이 시도 때도 없이 소리를 내며 흐르기 때문이라고 생각합니다. 욕망이란 인간이 지닌 또 다른 희망의 이름이라 할 수 있겠으나, 지나침으로 인해 불행한 삶의 늪에 빠져 허우적대는 경우가 다반사입니다. 이것이 인간이 지니는 한계이며 모순입니다.

"욕심이 많은 사람은 돈을 주어도 돈보다 귀한 옥을 주지 않았다고 불만을 성토한다. 이러한 사람은 옥을 주면 그 수효가 적다고 또 탓할 것이다. 자족할 줄 모르는 사람에게는 그 어떤 것을 주어도 늘 부족하다. 이것은 그 근성이 거지나 다름없다. 거지는 무엇을 얻어들게 되면 좀 더 얻고 싶어 한다. 마음이 풍족하면 비록 헝겊 누더기를 입고도 따뜻하게 생각하고, 푸성귀로 밥을 먹어도 맛있다고 하는 법이다. 인생을 즐기고 풍족하게 산다는 것에 있어서 그 어떤 왕후 귀족보다 풍족한 사람이다."

이는 《채근담》에 나오는 말로 이 말에서 보듯, 거지는 무엇을 얻게 되면 좀 더 얻고 싶어 하지요. 그 근성이 거지를 닮았기 때문이지요.

돼지 목에 다이아몬드 목걸이를 걸어놓은들 그 돼지가 행복을 느끼는 것은 아닙니다. 돼지는 오로지 먹고 자는 것 외엔 달리 행복을 느낄 이유가 없기 때문입니다.

자신을 더 큰 불행의 길로 끌고 가는 것이 자족할 줄 모르기 때문이라는 사실을 깨우치게 될 때, 사람은 비로소 진정한 행복의 의미를 알게 되는 것입니다.

모든 불행의 시초는 탐욕에서 옵니다. 자신을 옭아매고 삶을 뿌리 채 흔들어대는 탐욕을 버리십시오. 그랬을 때 비로소 자족하는 행복의 기쁨을 누리게 될 것입니다.

02
불행의 힘

불행이란 것은 도둑과 같아서 언제 어느 때나 예고 없이
누구에게나 손을 내밀며 다가올 수 있는 것입니다.

독일의 철학자 쇼펜하우어는 "우리를 시시각각으로 괴롭히는 수많은 크고 작은 불행은 우리를 연마해서 커다란 불행에도 견딜 수 있는 힘을 양성해주며, 행복하게 된 후에도 마음이 풀리지 않도록 단결케 하는 사명을 가지고 있다"고 말했습니다.

이 말의 의미는 불행을 슬퍼하거나 노하지 말라는 것입니다. 슬퍼하고 노하는 사람은 불행의 노예가 되어 그 길에서 벗어나지 못하게 되지만 오히려 불행을 감싸 안고 가는 사람은 그 불행으로 인해 더 큰 행복을 찾을 수 있다는 의미로 해석할 수 있습니다.

그렇습니다. 불행이란 것은 도둑과 같아서 언제 어느 때나 예고 없이 누구에게나 손을 내밀며 다가올 수 있는 것입니다. 그러므로 이 불행을 어떻게 다루느냐에 따라 약이 될 수도 있고, 독이 될 수 있기에 쇼펜하우어는 약이 되는 길을 선택하라고 권고

합니다.

불행은 사람들을 연마해서 불행을 견디는 힘을 길러주고, 행복한 길로 인도한 후에 사람들의 마음이 해이해지지 않도록 단단하게 붙잡아준다는 것입니다. 이 말은 매우 뜻깊은 설득력을 지니고 있습니다.

괴테는 말하기를 "모든 고난을 넘어서야만 안식이 온다"고 했고, 벤저민 프랭클린도 "진정한 인간은 역경을 견디어내고서야 탄생한다"고 말해 우리가 불행이라고 말하는 고난과 역경을 긍정적으로 생각했음을 알 수 있습니다.

단언하여 말하건대, 작은 불행이든 큰 불행이든 두려워하지 마십시오. 더 큰 행복을 주기 위한 시험이라고 믿으십시오. 그리고 굳은 의지와 신념으로 이겨내십시오.

불행은 희망으로 가는
행복의 디딤돌이니까요.

03
꿈을 갖고 사는 인생

꿈이 있는 인생은 참으로 싱그럽고 아름다우며
삶의 에너지가 풋풋하게 살아 있습니다.

나는 '꿈'이란 글자를 참 좋아합니다. 꿈이라는 글자는 미래, 희망, 무한한 세계 등 생각하기에 따라 많은 의미를 내포하고 있기 때문입니다. 꿈이라는 글자를 좋아해서 사인회에서 독자에게 사인을 해줄 때는 큰 글씨로 '꿈'이라고 쓴 후 그 아래에 내 사인을 합니다.

이처럼 넉넉하고 미래지향적인 꿈을 잃고 사는 사람들이 많음을 볼 수 있습니다. 학자금 대출을 받아 힘들게 대학을 졸업해도 갈 곳이 없어 방황하는 청춘들과, 실직을 하고 허탈해 하는 실직자들은 꿈이란 본질을 잃은 지 이미 오래입니다.

또한 공부의 본질도 모른 채 야간자율학습을 마치면 학원으로 곧장 달려가는 10대들에겐, 참된 꿈의 진실은 없고 경쟁을 가르치는 대학만이 기다리고 있습니다.

꿈의 본질을 떠나 꿈꾸는 꿈은 참된 꿈이 아닙니다. 꿈으로 포장한 허위일 뿐입니다.

 해마다 봄이 오면
 어린 시절 그분의 말씀
 항상 봄처럼 부지런해라
 땅 속에서, 땅 위에서
 공중에서
 생명을 만드는 쉼 없는 작업
 지금 내가 어린 벗에게 다시 하는 말이
 항상 봄처럼 부지런해라

 해마다 봄이 되면
 어린 시절 그분의 말씀
 항상 봄처럼 꿈을 지녀라
 보이는 곳에서
 보이지 않는 곳에서
 생명을 생명답게 키우는 꿈
 지금 내가 어린 벗에게 다시 하는 말이
 항상 봄처럼 꿈을 지녀라

 오, 해마다 봄이 되면
 어린 시절 그분의 말씀

진정한 행복 그 아름다움의 가치

항상 봄처럼 새로워라
나뭇가지에서, 물 위에서, 둑에서
솟는 대지의 눈
지금 내가 어린 벗에게 다시 하는 말이
항상 봄처럼 새로워라.

이는 조병화 시인의 〈해마다 봄이 되면〉이라는 시입니다.
조병화 시인의 시의 모태母胎는 늘 어머니가 자리하고 있습니다. 시인의 어머니는 평생 시인의 시적 영감을 불러일으키는 대상이었습니다. 그래서였을까요, 조병화 시인의 시에는 어머니의 따뜻함과 다정스러운 손길, 그리고 정감이 차고 넘쳐흐릅니다.
이 시에도 예외 없이 시인의 어머니가 등장을 하는데 이 시에서는 '그분'으로 표현하고 있습니다. 시인이 어린 시절 어머니로부터 들은 이야기를 시의 소재로 해서 더욱 정감을 주며 시적 감흥을 불러일으킵니다.
이 시의 주제 역시 봄처럼 부지런하고 꿈을 키우라는 것인데 꿈이 있는 삶은 언제 보아도 늘 푸근하고 넉넉합니다.
조병화 시인의 고향인 경기도 용인시 난실리 편운재에 가면 '꿈의 귀향'이라는 시를 새겨놓은 시비詩碑가 있는데 커다란 글씨로 '꿈'이라고 새겨져 있습니다.
조병화 시인 역시 '꿈'이라는 말을 매우 좋아하고 즐겨 썼습니다.

꿈.

꿈이 있는 인생은 참으로 싱그럽고 아름다우며 삶의 에너지가 풋풋하게 살아 있습니다.

조병화 시인처럼 우리나라 문단에서 큰상을 받고 큰 직함을 지니고 산 문인은 어디에도 없습니다. 꿈을 품으면 언젠가 그 꿈이 이루어진다는 신념이 시인의 가슴에 커다랗게 자리하고 있었기에 가능했던 게 아닌가 싶습니다.

꿈이 있는 인생, 꿈을 꾸는 인생.
우리는 꿈을 꾸며 사는 인생이 되어야 합니다.

04
행복의 씨앗

자신이 행복해지고 싶다면
매사를 긍정적으로 바라보고 생각하십시오.

행복해서 웃는 것이 아니라

웃어서 행복한 것이다.

이는 미국의 심리학자인 윌리엄 제임스가 한 말입니다. 이 말의 요지는 행복하기 위해서는 먼저 웃어야 된다는 말입니다. 웃다 보면 기분이 좋아지고, 기분이 좋아지면 행복을 느끼게 된다는 것이지요.

그런데 대개의 사람들은 이 진리를 잊고 삽니다. 행복해야 웃게 된다고 믿는 것이지요. 그래서 이 말에 대해 부정적으로 생각합니다. 그리고 이렇게 말합니다.

"웃을 일이 없는데 어떻게 웃지요?"

이 말은 상식적으로 볼 때 맞는 말입니다. 하지만 생각을 바꾸어보세요. 행복해서 웃는다면 과연 얼마나 많이 웃게 될지를.

항상 긍정적이고 낙천적인 사람들이 잘 웃는 것은 웃으면 기분이 좋아지고, 기분이 좋아지면 긍정의 에너지가 생성되고, 그 순간 행복을 느끼게 되는 것을 잘 알기 때문입니다.

그렇습니다. 이처럼 사람에게 있어 '웃음'이란 '행복의 씨앗'인 것입니다.

자신이 행복해지고 싶다면 매사를 긍정적으로 바라보고 생각하십시오. 그리고 많이 웃도록 해야 합니다. 그렇게 습관을 들이게 되면 윌리엄 제임스의 말처럼 "행복해서 웃는 것이 아니라 웃어서 행복한 것이다"라는 말에 깊이 공감하게 될 것입니다.

05
베푸는 자의 행복

───────────────

다른 사람의 아픔을 같이 아파하고 배려하는 사람들이 있는 한,
우리 사회는 아름답게 성장해 나갈 것입니다.

프랑스 작가이자 비평가인 아나톨 프랑스는 "이 세상의 참다운 행복은 다른 사람에게서 받는 것이 아니라 내가 다른 사람에게 주는 것이다. 물질적인 것이든 정신적인 것이든 그것은 인간에게 있어서 가장 아름다운 행동이다"라고 말했습니다.

그렇습니다.

내가 다른 사람에게 무엇을 받는 것보다 주게 될 때, 더 그 사람의 마음을 기쁘게 한다는 이 말은 매우 설득력 있는 말이 아닐 수 없습니다. 누구나 한 번쯤은 이런 경험을 해보았을 것입니다.

다른 사람에게 무엇을 베푼다는 것은 쉽지 않습니다. 마음엔 있어도 그것을 행동으로 옮긴다는 것은 결코 쉬운 일이 아니기 때문입니다. 그러기 때문에 다른 사람에게 받는 것보다 베풀 때 느끼는 기쁨의 강도가 더 클 수밖에 없는 것입니다.

예전에 〈사랑의 리퀘스트〉라는 방송을 보면 가슴을 촉촉이 적시고 마음을 푸근하게 하는 여러 장면들을 보게 됩니다. 나는 그것을 보며 눈물을 흘린 적이 한두 번이 아닙니다. 작은 정성들이 모여 이루어내는 그 큰 감동은 냉혹한 현대를 살아가는 사람들에게 꿈과 희망을 주기에 부족함이 없습니다.

다른 사람의 아픔을 같이 아파하고 배려하는 사람들이 있는 한, 우리 사회는 아름답게 성장해 나갈 것입니다. 그리고 그 속에서 살고 있는 사람들의 가슴엔 사랑과 행복이 푸른 초원을 가로질러 흐르는 강물처럼 쉬지 않고 넘쳐흐르게 될 것입니다.

진정한 행복 그 아름다움의 가치

06
행복해진다는 것은

진실한 사랑은, 가정과 사회를 행복하게 하는
아름답고 영원한 사랑을 말하는 것입니다.

사랑은 동서양을 막론한 시와 소설, 철학과 종교, 예술에서 가장 중요한 관점의 대상입니다. 위대한 문학작품이나 그림, 음악 등은 대부분이 사랑을 그 주제로 삼고 있고, 예수님도 부처님도 사랑을 인간들에게 가르쳤습니다.

물론 사랑이라는 것 자체에도 차이점은 있을 수 있습니다. 문학이나 예술에서 다룬 에로스적인 것도 사랑이며, 종교적 관점에서 본 아가페적인 사랑이나 자비 또한 그 사랑에 근간根幹을 두고 있다는 것은 부인할 수 없는 사실입니다.

이처럼 사랑은 우리 인간들이 추구해야 할 영원한 삶의 과제이며 목적인 것입니다. 하지만 가벼운 사랑, 즉 쾌락적 사랑은 사람들을 행복하게 해주지 못합니다. 순간의 희열을 느끼며 즐거운 마음에 빠질 수는 있지만, 쾌락만을 좇는 사랑은 사람들의 마음을 어둡게 하고 끝내는 쾌락의 노예로 타락시켜 버리고 맙니다.

요즘 우리 사회는 가정적이던 주부들이 채팅에 빠져 평화로운 가정을 하루아침에 깨뜨리고 있고, 철모르는 청소년들까지 원조교제로 인해 백옥같이 흰 영혼을 더럽히는 일이 비일비재합니다.

더욱 안타까운 것은 그것이 얼마나 잘못된 일인지조차 모르고 있다는 것입니다. 이러한 것은 그 일을 조장하는 윤리적으로 퇴락한 사람들에 의해서인데, 우리 사회는 그런 사람들에게 너무 지나치리만큼 관대하기만 합니다.

국가의 질서와 기강을 어지럽히고 사회와 가정을 파괴시키는 이런 패륜적인 행위는 이유를 불문하고 중죄를 물어서라도 엄중히 심판해야 할 것입니다. 병이 깊어지면 병명을 알고 난 뒤에도 손을 쓰지 못해 목숨을 잃게 되는 것처럼 우리 가정과 사회를 위협하는 쾌락을 위한 사랑은 근절되어야 합니다.

인생에 주어진 의무는

다른 아무것도 없다네

그저 행복하라는 한 가지 의무뿐

우리는 행복하기 위해 세상에 왔지

그런데도

그 온갖 도덕

온갖 계명을 갖고서도

사람들은 그다지 행복하지 못하다네

그것은 사람들 스스로 행복을 만들지 않는 까닭

인간은 선을 행하는 한

누구나 행복에 이르지

스스로 행복하고

마음속에서 조화를 찾는 한

그러니까 사랑을 하는 한

사랑은 유일한 가르침

세상이 우리에게 물려준 단 하나의 교훈이지

예수도

부처도

공자도 그렇게 가르쳤다네

모든 인간에게 세상에서 한 가지 중요한 것은

그의 가장 깊은 곳

그의 영혼

그의 사랑하는 능력이라네

보리죽을 떠먹든 맛있는 빵을 먹든

누더기를 걸치든 보석을 휘감든

사랑하는 능력이 살아있는 한

세상은 순수한 영혼의 화음을 울렸고

언제나 좋은 세상

옳은 세상이었다네

이는 헤르만 헤세의 〈행복해진다는 것〉이라는 시입니다. 헤르만 헤세는 이 시에서 '우리 인간이 이 세상에 온 것은 행복해지기 위해서'라고 말하고 있습니다. 그리고 그 행복을 찾는 길은 선善을 행하는 일이라고 말하는데 그 끄트머리에는 사랑이 존재하고 있음을 알 수 있습니다.

인간이 행복해지기 위해서는 사랑이 필요하다는 것을 새삼 강조하고 있습니다. 보리죽을 먹든 빵을 먹든 누더기를 걸치든 보석으로 온몸을 치장하든 사랑하는 능력만 있게 되면 행복할 수 있다는 말입니다.

헤르만 헤세가 말하는 진실한 사랑은, 가정과 사회를 행복하게 하는 아름답고 영원한 사랑을 말하는 것입니다.

우리 인간은 세상에서 가장 아름다운 축복을 받고 태어난 존재입니다. 지혜롭고 영명한 동물이기도 합니다. 따라서 인간은 행복하게 살 권리와 의무가 있습니다. 그것을 포기하는 행위야말로 인간을 가장 추악한 동물로 추락시키는 일이 되고 말 것입니다.

07
다른 사람을 즐겁게 하는 삶

행복하기를 원하거든
다른 사람을 즐겁게 하는 일을 배우라.

M. 프라이어는 "행복하기를 원하거든 다른 사람을 즐겁게 하는 일을 배우라"고 했습니다. 이 말의 의미는 진정한 행복은 물질이나 자신의 이름을 높이는 것에 있는 것이 아니라 남을 즐겁게 하는 데 있음을 뜻합니다.

그러나 대부분의 사람들은 자신의 행복은 생명처럼 여기면서도 남의 불행에는 아랑곳하지 않습니다. 오히려 자신의 행복을 위해서라면 남의 행복까지 빼앗으려 달려듭니다. 이는 잘못된 행복 찾기의 방정식입니다.

행복은 세상이 아름다울 때 더욱 행복해지는 것이지만, 세상이 쓸쓸할 때일수록 더욱 절실하게 필요합니다. 따라서 자신이 불행하다고 느낄 때 행복할 수 있는 일을 찾아야 하는데, 그것이 단순히 자신만을 위하는 것보다는 다른 사람을 행복하게 하는 일이라면 더욱 가치 있는 삶이 될 것입니다.

악성樂聖 베토벤은 "다른 사람을 위하여 일할 수 있었다는 것은 어린 시절부터 나의 최대의 행복이었으며 즐거움이었다"라고 말했습니다.

또한 플라톤은 "다른 사람을 행복 되게 할 수 있는 사람만이 행복을 얻는다"고 했으며 글라임은 "다른 사람을 복되게 하면 자기의 행복도 한층 더해진다"고 말했습니다.

삶을 성공적으로 살았던 사람들 대부분은 자신의 삶보다는 인류의 행복과 평화를 위해 평생을 살았음을 알 수 있습니다.

자신보다도 다른 사람을 위해 산다는 것은 말처럼 쉬운 일이 아닙니다. 때로는 '사서 고생하는 것과 같고, 혹은 공연한 일을 하는 건 아닌가' 하는 생각을 갖게도 합니다. 그러나 그것을 너무 크게 확대해서 생각할 필요는 없습니다.

작은 일이라도 다른 누군가를 위해서 할 수 있는 일이 있다면 그것 또한 자신이 다른 누군가를 위해 할 수 있는 일이기에 충분히 행복해질 수 있는 가치가 있습니다.

다른 사람을 즐겁게 하는 삶 속엔 따뜻한 희망과 열정이 있습니다. 그래서 자신은 더욱 행복해질 수 있게 되는 것입니다.

08
행복은 마음먹기에 달렸다

어떤 일은 한 시간을 견디기가 어렵다.
그러한 차이는 우리가 갖게 되는 마음의 태도에서 오게 된다.

우리가 흔히 하는 얘기 중에 '마음먹기에 달렸다'라는 말이 있습니다. 이 말을 가만히 생각해보면 이치에 딱 맞는 말입니다. 우리가 어떤 일을 결정할 때 마음에서 우러나오는 결정은 어떤 어려움이 따르더라도 기꺼이 해나가려고 합니다. 스스로가 좋아서 또는 할 수 있다고 믿으니까요.

그러나 다른 사람에 의해서 또는 어쩔 수 없이 하는 결정은 조금만 힘들고 어려워도 쉽게 포기를 하려고 합니다. 이유는 스스로가 좋아서 또는 할 수 있다고 믿고 한 일이 아니기 때문입니다.

이렇듯 사람이란 존재는 마음을 어디다 두느냐에 따라 큰 편차를 보이기 마련입니다. 마음이 잘 맞는 친구나 사랑하는 연인과는 하루 종일 있어도 심심하지가 않습니다. 별로 말을 하지 않아도 서로가 잘 통합니다. 하지만 뜻이 잘 안 맞거나 좋아하지 않는 사람과는 잠시 동안 함께 있는 것도 곤혹스럽습니다.

그렇습니다. 행복이란 마음을 어디에 두느냐에 따라 달라지는 습성을 지닌 묘한 것입니다. 행복하길 원한다면 마음의 자리를 언제나 긍정적인 곳에 가져다놓아야 하겠습니다.

"사랑하는 사람과 같이 걷는다면 십 리 길을 걸어도 다리 아픈 줄을 모른다. 반대로 마음이 맞지 않는 낯선 사람과 같이 걷는다면 오 리 길도 진력이 난다. 또 어떤 일은 진종일 해도 그다지 피곤하지 않지만 어떤 일은 한 시간을 견디기가 어렵다. 그러한 차이는 우리가 갖게 되는 마음의 태도에서 오게 된다. 유쾌한 기분이 따르는 일은 덜 피곤하고, 수동적으로 끌려가는 일은 속히 피로감이 오는 이유가 여기에 있다. 마지못해 하는 일이라 할지라도 처음부터 싫은 일이라고 생각하지 말고 즐겁게 일을 하겠다는 마음을 가진다면 그때는 훨씬 덜 피로할 것이다."

이는 앤드류 카네기가 한 말입니다. 앞글과 잘 어울리는 글이라 소개합니다. 가슴속에 담아 음미해보십시오. 새로운 마음을 다지게 될 것입니다.

09
행복의 비결

행복은 결코 큰 것에 있거나 화려한 것에 있는 것이 아닙니다.
행복은 지극히 작은 일에서 오는 것입니다.

영국의 철학자 버트런드 러셀은 "행복의 비결은 이것이다. 당신의 흥미를 최대한 넓히라. 그리고 당신에게 흥미를 주는 사물이나 사람들에게 적의를 가지는 것이 아니라 가급적 호의적인 반응을 보여라"라고 했습니다.

그렇습니다. 사람은 일평생 일만 하며 살 수가 없습니다. 자기가 좋아하는 것, 즉 취미생활을 통해 삶의 행복을 얻을 수 있게 되는 것입니다.

흥미란 무엇입니까? 흥미란 관심 있는 것이고 관심이 있기에 최대한 자신의 시간을 투자해야 행복한 마음을 얻게 되는 것입니다.

그리고 자신과 뜻이 잘 맞는 사람들, 요즘 말로 '코드'가 잘 맞는 사람들과 취미활동을 함께 하는 것으로 호의적인 관계를 유지해 나가야 합니다.

행복은 결코 큰 것에 있거나 화려한 것에 있는 것이 아닙니다. 행복은 지극히 작은 일에서 오는 것입니다. 작은 꽃을 보고도 아름다운 마음을 품는 것처럼 행복해할 수 있는 일은 언제나 자기 마음가짐에 달려있습니다.

행복해지길 원한다면 행복한 마음으로
자신의 흥미를 넓혀나가고,
사물이나 사람과의 커뮤니케이션이
잘 통할 수 있도록 노력해야만 합니다.

10
준비된 행복이란

우스운 일이 있어 웃는 것이 아니라
웃기 때문에 행복한 일이다.

"갓난애가 웃는 것은 우스운 일이 있어 웃는 것이 아니다. 행복하기 때문에 웃는 것이 아니고 웃기 때문에 행복하다고 할 수 있다. 살기 위해서 먹는 것보다 먹는 자체가 즐겁듯이…. 웃는 것이 즐거운 것이다. 그러기 때문에 먼저 웃는 것이 필요하다."

프랑스의 신학자이자 시인인 알랭이 한 말로, 이 말은 매우 의미심장한 말이 아닐 수 없습니다.

"우스운 일이 있어 웃는 것이 아니라 웃기 때문에 행복한 일이다"라는 말처럼 행복이 내게 오길 바라는 것이 아니라, 스스로가 행복을 찾아가야 합니다.

미국의 심리학자이며 하버드대학 교수인 윌리엄 제임스 또한 말하기를 "행복해서 웃는 것이 아니라, 웃으니까 행복한 것이다"라고 했습니다.

알랭과 윌리엄 제임스의 말처럼 그렇게 얻은 행복이야말로 진정한 행복인 것입니다. 감나무 밑에서 아무리 입을 벌리고 있어도 감은 입으로 떨어지지 않습니다. 감을 먹기 위해서는 장대로 감을 따거나 혹은 나무에 올라가 감을 따야만 합니다.

행복은 저절로 찾아오지 않습니다. 행복을 찾기 위해 애쓰는 사람에게만 행복이 찾아오는 것입니다. 먹는 즐거움이 있어 사는 게 즐거워야지, 살기 위해 먹는 것처럼 우리 마음을 씁쓸하게 하는 것도 없습니다.

사람이란 저마다 먹을 복을 타고나듯 자신의 행복도 자신만의 몫입니다. 행복해지길 원한다면 그 행복을 위해 준비하는 삶을 살아야 하겠습니다.

11
참된 행복

참된 행복을 원한다면 물질이나 지위 명예를 기웃거려 찾지 말고
이성의 빛에서 찾아야 합니다.

"행복에는 여러 가지 형태가 있다. 돈에서 오는 행복, 지위나 명예에서 오는 행복, 사업에서 오는 행복, 그러나 온전히 그것만으로 행복이 오래가는 것은 아니다. 이성의 빛깔로 조화된 것이라야 한다. 이성의 빛으로 얻은 행복은 무엇보다도 귀중하다. 그러한 행복은 '다이아몬드'와 같이 변하지 않는다. 그러나 변하지 않는다는 것은 매우 어려운 일이다. 사람에게는 빈부의 차이가 있고 재주와 능력의 차이도 제각각 다르다. 그러나 이성의 힘만은 누구나 공평하게 부여되어 있다. 돈이 많다고 해서 이성이 더 맑은 것도 아니고, 돈이 없다고 해서 이성이 더 무딘 것은 아니다. 이성의 힘은 누구나 기본적으로 갖추고 있다. 그러므로 진정 행복에 이르는 길은 모든 사람에게 주어진 거라고 볼 수 있다."

이는 네덜란드의 철학자인 스피노자의 말로, 그는 이성理性의

중요성에 대해 강조했는데 큰 공감을 불러일으키는 말이 아닐 수 없습니다.

물질에서 오는 행복은 그 물질이 달아나버리면 그것으로 끝입니다. 지위에서 오는 행복은 지위가 떨어져나가면 그만이고, 명예에서 오는 행복이나 사업에서 오는 행복 또한 명예가 떨어지고 사업이 망하면 그것으로 끝이 나는 것입니다.

그러나 이성으로 오는 행복은 이성적인 힘이 자신에게 발휘하는 한, 늘 푸른 소나무처럼 변함없이 자신에게 행복한 마음을 줍니다.

'이성의 힘'은 놀라운 것입니다. 사람의 중심을 바로 서게 하는가 하면, 논리적이고 어떤 일에 있어 감정을 억제시킴으로 일을 빈틈없이 또는 실수 없이 마무리짓게 합니다.

하지만 감정感精은 이성과 달리 비논리적이고 기분에 따라 좌우되므로 허점이 많고 실수가 따르는 경향이 많습니다. 돈이나 물질이나 명예나 사업은 일종의 감정과도 같은 것입니다. 손 안에 있을 때에는 기분이 좋고 행복한 마음이 들지만, 자신의 손에서 벗어나게 되면 허탈한 마음에 불행을 느끼게 됩니다. 뿐만 아니라 자꾸만 예전 일에 집착하여 현실을 비관하게 됩니다.

그러나 이성은 늘 일정한 마음을 유지시키는 힘이 있습니다. 이성으로 얻는 행복, 다시 말해 마음으로 얻는 행복이란 수행자나 종교인들만 가질 수 있는 것은 아닙니다. 누구나 가질 수가 있습니다.

　그러므로 참된 행복을 원한다면 물질이나 지위 명예를 기웃거
려 찾지 말고 이성의 빛에서 찾아야 합니다.

12
마음을 넓고 크게 갖자

진정 큰 행복을 원한다면 마음을 넓고 크게 한 다음,
세상을 바라보는 눈을 가져야 할 것입니다.

세상에는 나무를 보고도 숲을 들여다보는 사람이 있는가 하면,
숲을 보고도 도대체 무슨 나무인지 알지 못하는 사람도 있습니
다. 이 말은 마음을 넓고 크게 가지면 혜안이 밝아져서 세상의
이치에 밝게 되는 반면, 마음이 좁고 강퍅하면 혜안이 어두워져
세상의 이치에 둔하게 된다는 의미로 해석할 수 있습니다.

마음이 넓고 크면 사물이나 사람을 대하는 것에 있어서 관대해
지고 담대해지지만, 마음이 좁고 작으면 옹졸하고 비굴해지기
십상입니다. 마찬가지로 마음이 넓고 큰 사람은 그 마음으로 인
해 행복해지기 쉬우나, 마음이 좁고 작은 사람은 그 마음으로 인
해 행복을 느끼거나 받아들일 여유가 없습니다.

마음을 넓고 크게 가지느냐, 아니면 좁고 작게 가지느냐에 따
라 행복의 가치관이 달라집니다.

"우주가 넓듯이 사람도 그 마음의 세계를 넓게 가질 수가 있다. 좁은 생각 속에 푹 박혀있기 때문에 시야가 좁아지고 단단한 머리가 되어버리는 것이다. 손가락으로 뚫은 구멍으로 세상을 보지 말고 창문을 열어젖히고, 가슴을 펴고 세상을 볼 필요가 있다. 단단하게 굳어버린 생각과 좁은 사고방식으로 자기를 결박하지 말고, 좀 더 넓은 마당으로 뛰어나올 필요가 있다."

이는 프랑스 작가인 라 로슈푸코가 한 말입니다. 라 로슈푸코의 말처럼 손가락으로 뚫은 구멍으로 세상을 보면 꼭 그 크기만큼의 행복을 얻게 됩니다. 창문을 활짝 열고 세상을 보면 또한 그 크기만큼의 행복을 얻을 수 있습니다.

진정 큰 행복을 원한다면 마음을 넓고 크게 한 다음, 세상을 바라보는 눈을 가져야 할 것입니다.

13
내가 찾는 행복

스스로가 찾아가는 행복, 그 행복을 위해 자신의 땀을 흘리게 될 때
비로소 행복은 소중하게 다가올 것입니다.

"한 벌의 의복을 우리가 다른 사람에게 줄 수도 있고 혹은 얻을
수도 있다. 다른 누군가에게 얻은 물건에도 어느 정도의 기쁨은
있으나, 어딘지 마음이 떳떳하지 못하다. 내 힘으로 번 돈으로 천
을 끊어 내 손으로 해 입은 옷에 비할 바가 아니다. 행복은 주울
수도 없고 얻을 수도 없다. 오직 내 힘으로 만들어내는 물건이다.
같은 의복이라도 그 속에 내 힘이 들어있을 때에야 비로소 기쁜
것이다."

이는 알랭이 한 말입니다.

사람들 중에 어떤 이들은 다른 사람의 힘을 딛고 성공을 꾀하
고 행복을 얻으려고 합니다. 이것은 어리석은 사람들의 그릇된
삶의 방법으로 기회주의적인 근성에 기인한 것입니다.

다른 사람에게 얻어먹는 밥은 일시적으로 맛은 있을지 모르나,

잘못이라는 것을 느끼게 되는 순간부터 양심의 가책을 느끼고 부끄러운 마음이 들어 비관적인 생각이 들 것입니다.

다른 사람에게 받는 것보다 다른 사람에게 주게 될 때 행복을 느끼게 되고 행복의 무게 또한 달라집니다. 다른 사람에게 의지하는 삶과 행복, 즉 다른 사람의 배경으로 출세를 하거나 어찌해 보려는 생각은 아예 싹을 잘라버려야 합니다.

스스로가 찾아가는 행복, 그 행복을 위해 자신의 땀을 흘리게 될 때 비로소 행복은 소중하게 다가올 것입니다.

14
가까운 곳에 있는 행복

손에 닿지 않는 것은 그만큼 갖기가 힘들고 어렵습니다.
누구나 쉽게 가질 수 있다면 무엇이 문제가 되겠습니까.

무지개를 좇는 이야기는 누구나 잘 알고 있는 이야기입니다. 아름답고 화려하게 보이는 무지개. 금방이라도 손에 잡힐 것만 같은 무지개. 그러나 그 무지개는 가까이 가면 갈수록 점점 멀어져만 갑니다.

소년의 머리가 하얗게 되었어도 그 무지개는 늘 같은 거리만큼 떨어져 있었습니다. 소년이 '무지개란 허황된 생각'이라는 것을 느끼며, 진실한 행복은 아름답고 화려한 것에만 있는 것이 아니라 자신의 주변 가까이에 있다는 것을 알게 되기까지 걸린 시간은 너무도 긴 시간이었습니다.

소년이 작고 보잘것없는 것에서도 얼마든지 삶의 기쁨이 있다는 것을 믿게 되기까지는 삶의 끝자락에 이르러서야 비로소 가능했던 것입니다.

고대 그리스의 서정시인인 핀다로스는 이에 대해 "인간은 멀고 높은 곳만 보는 습성이 있기 때문에 정작 발길에 뒹굴고 있는 행운을 볼 줄 모르고 대개는 손에 닿지 않는 것만 잡으려 하고 있다"고 말했습니다.

그렇습니다.

손에 닿지 않는 것은 그만큼 갖기가 힘들고 어렵습니다. 누구나 쉽게 가질 수 있다면 무엇이 문제가 되겠습니까. 그러한 생각조차 자신을 불행하게 한다는 것을 알아야 합니다.

너무 큰 데서, 너무 먼 데서 자신의 삶과 행복을 찾으려 하지 말고 비록 보잘것없어 보이지만 그것에도 분명 자신을 기쁘게 하는 행복이 숨 쉬고 있다는 것을 명심해야 합니다.

행복은 멀리 있지 않습니다.
행복은 언제나 자신의 주변에
있음을 알아야 합니다.

15
주는 행복의 기쁨

사랑하는 것은
사랑을 받느니보다 행복하나니라.

진정한 행복의 의미는, 사랑하는 이에게 사랑을 주는 것에 있다는 자기희생적인 사랑을 통해 행복을 느끼는 것에 있다고 하겠습니다.

나를 포함한 대부분의 사람들은 다른 사람에게 사랑을 주기보다는 받으려고 하는 습성을 가지고 있을 뿐만 아니라, 그래야만 자신이 행복하다는 것을 느낍니다.

베푸는 것은 어딘지 모르게 아깝고 괜히 손해보는 것 같다는 생각 때문에 주저하게 됩니다. 그러나 자신이 다른 사람으로부터 무엇인가를 받게 되면 상대로부터 대우받고 있는 느낌이 들어 기분이 좋아지고 행복을 느끼게 됩니다. 이런 마음이 드는 것은 이기적인 마음에서 오는 어쩔 수 없는 병폐라는 생각입니다.

사랑하는 것은

사랑을 받느니보다 행복하나니라
오늘도 나는
에메랄드빛 하늘이 환히 내다뵈는
우체국 창문 앞에 와서 너에게 편지를 쓴다

행길을 향한 문으로 숱한 사람들이
제각기 한 가지씩 생각에 족한 얼굴로 와선
총총히 우표를 사고 전보지를 받고
먼 고향으로 또는 그리운 사람께로
슬프고 즐겁고 다정한 사연들을 보내나니

세상의 고달픈 바람결에 시달리고 나부끼어
더욱더 의지 삼고 피어 헝클어진 인정의 꽃밭에서
너와 나의 애틋한 연분도
한 망울 연련한 진홍빛 양귀비꽃인지도 모른다

사랑하는 것은

사랑을 받느니보다 행복하나니라

오늘도 나는 너에게 편지를 쓰나니

그리운 이여, 그러면 안녕!

설령 이것이 이 세상 마지막 인사가 될지라도

사랑하였으므로 나는 진정 행복하였네라

이는 청마 유치환 시인의 〈행복〉이라는 시입니다.

사랑하는 이에게 조건 없는 사랑을 주게 되면 더 큰 행복과 삶의 기쁨을 누리게 된다는 이 시의 의미는 그래서 더욱 사람들의 공감을 얻어내기에 충분합니다.

봉사활동을 하거나 남을 도와주었을 때 느끼는 그 기분은 느껴본 사람이 아니고서는 도저히 느낄 수 없는 감정입니다. 왠지 모르게 마음이 환해지며 가슴 저 깊은 곳으로부터 기쁨이 뭉게구름처럼 솔솔 피어오르는 것을 느끼게 되는데, 이것이 바로 남에게 베푼 사랑에 대한 커다란 대가가 아닌가 싶습니다.

사랑을 주는 것이 받는 것보다 행복하다는 이 시의 시구처럼 먼저 다가가 손을 내밀고 사랑하는 능동적인 삶은 그래서 더욱 아름다운 것입니다.

16
행복을 찾는 당신에게

사랑은 사랑하는 자의 것이며
행복을 찾는 자의 아름다운 선물입니다.

사람은 누구나 행복해지길 원하고 행복해질 권리가 있습니다. 어느 누구도 행복을 막을 권리는 없습니다. 행복하기 위해서는 좋아하는 감정에 익숙해지고, 사랑하는 마음으로 자신의 마음을 가득 채워야 합니다. 그리고 행복을 가로막는 것이 있으면 무엇이든 깨끗이 버려야 합니다. 그래야만 행복해질 수 있습니다.

코이케 류노스케가 쓴 《생각 버리기 연습》라는 책이 있습니다. 이 책은 왜 생각을 버려야 하는지를 잘 말해주고 있어 공감을 줍니다.

현대인들은 급변하는 삶을 따르기 위해 쉴 새도 없이 생각하고 또 생각을 합니다. 그러지 않으면 경쟁에서 밀린다는 압박감으로 스스로를 생각의 울타리 안에 갇히게 하는 것입니다. 그런데 문제는 그것을 그대로 두면 마음의 병이 들게 되고 그로 인해 불행해질 수 있다는 것입니다. 사람들은 이에 대해 잘 알고 있지만 쳐지지 않기 위해 아등바등거리는 것입니다.

하지만 생각을 버릴 땐 버려야 하는 것입니다. 버리지 못하고 그대로 두면 과부하가 걸리게 됨으로 오히려 아니함만도 못하게 되는 것입니다.

버리고 비워서 행복해지는 삶을 잘 보여준 대표적인 인물이 바로 《월든》의 저자인 헨리 데이빗 소로우입니다. 그는 일찍이 물질문명이 오히려 사람을 불행하게 할 수 있다는 것을 간파하고, 스스로 물질문명을 거부하고 숲속 작은 움막에서 지내면서 꼭 필요한 만큼만 심고 거두며 생활했습니다. 그가 보여준 삶은 버림으로써, 즉 비움으로써 사람은 얼마든지 행복해질 수 있다는 교훈을 남겨주었습니다.

그리고 또 한 사람. 그는 《무소유》의 저자 법정 스님입니다. 그 역시 버리고, 비우고 최소한의 것으로 행복을 찾는 비결을 몸소 보여준 대표적인 무소유의 실천자였습니다. 그는 아는 사람으로부터 선물 받은 화분 때문에 맘 놓고 암자를 비우지도 못합니다. 간혹, 어디를 가더라도 급히 돌아오기를 반복했습니다. 화분의 꽃을 죽일까 염려하는 마음에서입니다. 그 또한 생명을 가진 존재이니 생명을 중시하는 법정으로서는 함부로 할 수 없는 까닭이었습니다. 그러는 가운데 그는 깨닫습니다. 지극히 작은 것도 마음으로부터 평안을 얻지 못한다면 그 역시 욕심이라고 말입니다. 그런 깨달음을 담은 글이 바로 〈무소유〉라는 에세이입니다.

사랑은 사랑하는 자의 것이며
행복을 찾는 자의 아름다운 선물입니다.

미움은 미워하는 자의 것이며
시기와 질투를 일삼는 자의 소유물입니다.

행복하기를 원하는 당신이여,
사랑하는 마음으로
그대의 생각을 가득 채우십시오.

가난한 마음도
부유한 마음도, 미움의 마음도,
질투의 마음까지도
행복할 수 있다는 신념으로
가득 채우십시오.

행복을 찾는 당신이여
당신의 노력이 헛되지 않게
늘 새로움에 익숙해지고
버릴 것은 버리고
깨어 있는 생각으로 그 길을 걸어가십시오.

사랑은 사랑하는 자의 것이며
행복은 행복해지기를 원하는 자의 것입니다.

나 역시 살아오는 동안 느꼈던 비워냄과 버려야 할 것은 무엇이며, 그리고 진정 찾아야 할 것은 행복이라는 깨달음을 얻었습니다. 그 깨달음을 쓴 시가 바로 〈행복을 찾는 당신에게〉란 시입니다.

나는 이 시에서, 사랑은 행복을 찾는 이들의 아름다운 선물이라고 했습니다. 사실 사랑만큼 우리를 기쁘게 하고 행복하게 하는 것이 어디 또 있을까요. 행복과 사랑은 불가분의 관계입니다. 사랑에 빠진 이들의 눈동자엔 빛이 반짝이고 얼굴엔 화색이 환하게 돌고 싱싱한 꽃처럼 싱그럽기까지 합니다.

이처럼 행복은 사랑으로 오는 것이기에 사랑과 행복은 서로 뗄 수 없는 '바늘과 실' 같은 존재입니다. 그리고 버릴 것은 버려야 한다고 했습니다. 이기심과 상처 주는 말 또한 반드시 버려야 할 것이며, 탐욕과 헛된 꿈 역시 버려야 할 마음의 찌꺼기들입니다.

행복은 행복해지길 원하는 자의 것이므로, 행복해지길 원한다면 버리고, 비우고 행복할 수 있는 일에 힘써야 하는 것입니다.

17
노력에서 오는 행복

노력해서 얻은 행복이야말로 진정한 행복이며,
그런 행복은 오래도록 기쁨의 향기를 남깁니다.

"행복하게 지내는 대부분의 사람은 노력가이다. 게으름뱅이가 행
복하게 사는 것을 보았는가. 노력의 결과로 오는 어떤 성과의 기
쁨 없이는 그 누구도 참된 행복을 누릴 수가 없다. 수확의 기쁨은
그 흘린 땀에 정비례하는 것이다."

이는 영국의 시인 윌리엄 블레이크가 한 말입니다. 행복은 노
력하는 사람의 것이란 말은 매우 설득력 있는 말입니다.

그렇습니다. 높이 나는 새가 멀리 보고, 새벽에 일어나는 새가
더 많은 먹이를 먹는 법입니다. 가만히 앉아있는 사람에겐 먹을
것이 생기지 않습니다. 먹을 것을 찾기 위해 부지런히 움직이는
사람에게 먹을 것이 생기는 것은 너무도 당연한 일입니다.

행복도 마찬가지입니다. 행복하기 위해 노력하는 사람만이 행
복해질 수 있는 것입니다. 봄에 씨앗을 뿌리고 잘 가꾸고 보살펴

야 가을에 수확량이 많은 것처럼 행복에도 예외는 없습니다. 행복이란 공을 들이고 열정을 바쳐야 얻을 수 있는 삶의 선물입니다. 공짜로 행복을 얻으려고 하지 마십시오. 행복은 절대로 공짜로 얻을 수 없습니다.

노력해서 얻은 행복이야말로 진정한 행복이며, 그런 행복은 오래도록 기쁨의 향기를 남깁니다. 기쁨을 남기는 행복, 얼마나 향기로운 말입니까. 기쁨의 향기를 남기는 삶을 살아야 하겠습니다.

18
도덕적인 행복

도덕적으로 안심을 얻은 사람이 가장 행복한 사람일 것이다.
자신의 마음을 따스하게 보전할 수 있도록 행동하는 것이 행복 된 일이다.

"인생에 있어서 무엇이 행복한 것인지 가르치는 바가 무궁무진
하지만 도덕적으로 안심을 얻은 사람이 가장 행복한 사람일 것이
다. 도덕적으로 안심한 사람은 마음이 언제나 따스한 온기에 차
있다. 사람이 도덕적으로 안심을 못할 때에는 마음의 한 모퉁이
가 언제나 싸늘하다. 그러기 때문에 자신의 마음을 따스하게 보
전할 수 있도록 행동하는 것이 행복 된 일이다. 불행한 사람을 보
면 그 말과 행동이 언제나 부드럽지 못하고 평화롭지 못하고 난
폭하며 살기를 띠고 있다. 따라서 그 마음속은 언제나 차디찬 바
람이 불고 있다."

이는 《채근담》에 있는 글입니다.
사람들은 보통 행복을 떠올리면 물질적인 것, 지위적인 것, 명
예적인 것 등에서 찾으려 하고, 또 그것을 성취했을 때 기쁨에

겨워 행복해합니다. 그런데 《채근담》에는 도덕적으로 안심한 사람이 진정한 행복을 얻는다고 했습니다. 도덕적으로 안심한 사람은 그 마음에 따스한 온기가 있어 자신은 물론 상대방에게 부드럽고 온화하며 화평한 마음으로 대하기 때문에 모든 사람에게 행복한 마음을 줄 수가 있다는 것입니다.

반면에 비도덕적인 사람은 말과 행동이 부드럽지 못하고 난폭해서 자신은 물론 다른 사람에게도 좋지 않다는 것입니다. 마음이 강퍅한데 누가 그런 사람에게 기쁨을 느끼고 행복한 마음을 갖겠습니까?

물론 이 글에는 유교적인 색채가 짙게 나타나 있기는 해도, 어쨌든 마음에 새기고 행동한다면 스스로가 행복한 마음을 갖게 되리라 믿습니다.

19
가난함의 행복

진정, 행복한 인생을 살고 싶다면 자신이 행복할 수 있는
삶의 기준을 정해 그대로 실천하십시오.

어떤 사람은 많은 재물을 가지고도 더 많이 가지려고 하며 자신보다 더 많이 가진 사람보다 불행하다고 여깁니다. 또 어떤 사람은 자신보다 지위가 높은 사람들을 보며 자신은 불행한 사람이라고 여기기도 합니다.

그렇지만 마음이 가난한 사람은 작은 일에도 감사하게 되고, 그래서 더 많은 일에 감사를 하게 되는 것입니다. 성서에서도 부자로 사는 사람이 천국에 들어가는 것은 낙타가 바늘구멍으로 들어가는 것보다 어렵다고 했습니다.

많은 것을 가진 대부분의 사람들은 없는 사람들을 깔보고 무시하며 자신의 부를 자랑하는 것을 낙으로 여깁니다. 이는 대단히 오만불손한 일로 그들은 그것이 잘못된 일이라는 것조차 모릅니다. 작은 일에 감사할 줄도 모르고 경거망동하며 민심을 어지럽히곤 합니다.

하지만 가지지 못한 사람은 그로 인해 겸허해지고, 작고 보잘 것없는 일에도 감사하고 감격을 하게 됩니다. "불안스러운 마음으로 풍부하게 사느니보다 두려움과 걱정 없이 부족한 생활을 하는 것이 오히려 행복하다"고 한, 고대 로마의 철학자 에픽테토스의 말을 깊이 새길 필요가 있습니다.

"가진 것이 없다는 것은 신에 접근하는 것이다. 사람이 가난하면 감격하기 쉽다. 마음이 비고 겸허하기 때문이다. 가진 것이 없고 늘 부족하게 지낸다는 그 자체가 가난한 사람으로 하여금 겸허하게 하고 감격케 하는 것이다."

이는 스위스의 교육학자이자 사상가인 페스탈로치가 한 말입니다. 마음이 가난하고 물질이 가난해야 행복하다는 것은 보통의 사람들로서는 선뜻 이해가 가거나 공감이 되지 않는 말입니다. 수행의 길을 걷는 사람들의 마음에나 새길 듯한 엄숙하고 형이상학적인 이야기와도 같기 때문입니다. 그러나 곰곰이 생각해 보면 그리 어려운 이야기도 아닙니다.

사람에 따라서 행복의 기준이나 가치가 다르다는 사실을 우리는 너무나 잘 알고 있습니다. 그러므로 자신이 진정, 행복한 인생을 살고 싶다면 자신이 행복할 수 있는 삶의 기준을 정해 그대로 실천하십시오. 그것만이 자신을 최선으로 행복하게 하는 길이니까요.

20
더없는 행복

세상을 살아가다 보면 기쁘고 행복한 일도 있지만,
곁에 사랑하는 사람이 있다면 큰 위로와 격려가 되지요

세상을 살아가다 보면 기쁘고 행복한 일도 있지만, 힘들고 어려운 일도 만나게 되지요. 기쁘고 행복하면 더없이 감사한 일이지만, 힘들고 어려울 땐 하루하루가 높은 산을 넘어가듯 아득하고 숨이 막히지요. 이럴 때 곁에 사랑하는 사람이 있다면 큰 위로와 격려가 되지요. 그래서 힘들고 어려운 일도 아무렇지도 않게 생각하고 이겨내게 된답니다.

당신이 의기소침해 하거나
당신의 눈동자에 눈물이 고일 때
당신의 눈물을 닦아주고 당신 곁에 있으리.

고난이 몰아쳐 찾는 친구가 없을 때
거센 물살 건너는 다리처럼

나를 바치리.

낯선 곳에서 향수에 젖을 때나
고통의 밤이 찾아오면
당신을 편안케 해주리.

땅거미가 지고 고통의 밤이 오면
험한 세상 건너는 다리처럼
나를 희생하리.

노를 저어 계속 저어가면
곧 빛이 비추리.
당신의 꿈이 이루어지리다.
자, 저 빛을 보라.

빛이 필요하다면
난 곧장 노 저어 가리.
험한 세상 건너는 다리처럼
당신의 마음을 안정시키리.
당신의 마음을 편안케 하리.

이는 S. A 갈푼겔의 〈험한 세상의 다리가 되어〉란 시입니다. 이 시의 시적화자는 사랑하는 사람을 위해 험한 세상에 다리가 되겠다고 말합니다. 그래서 사랑하는 이의 눈물을 닦아주고, 자신을 바치고, 편안하게 해주고, 자신을 희생하겠다는 각오를 다집니다. 참으로 희생적이고 결연한 사랑이 아닐 수 없습니다.

이 시를 읽다 보면 사이먼 앤 가펑클이 부른 '험한 세상의 다리가 되어THE BRIDGE OVER TROUBLED WATER'라는 노래가 생각나 콧노래를 부르며 지난날을 돌아보게 된답니다. 나는 과연 이 노래와 같이 사랑하는 이에게 험한 세상의 다리와 같은 존재였는지를. 그러고 보면 한 편의 시가 주는 삶의 깨우침은 그 어떤 명언보다도 울림이 깊다는 것을 느끼게 됩니다.

그렇습니다. 이 세상에서 내가 살아가는 동안 누군가에게 희망의 노래가 되고, 기쁨의 꽃이 되고, 시련의 강물 위에 다리가 되어 줄 수 있다면 그 얼마나 감사한 일이겠는지요. 그리고 그런 사랑을 하며 산다는 것은, 서로에게 더없는 행복이라는 걸 느끼며 만족하게 살아가게 되지요.

우리는 누구나 이런 행복을 느끼며 살아야 하지 않을까, 생각해 봅니다.

21
행복을 주는 사람

아침햇살 같은 사람은 자신의 사랑을 나누는 데 인색함이 없고,
상대방을 배려하는 데 부족함이 없습니다.

행복한 사람은 어떤 사람일까요. 돈이 많은 사람일까요, 명예
가 있는 사람일까요, 학식이 많은 사람일까요, 아니면 지위가 높
은 사람일까요?

이에 대해 단호히 '아니다'라고 말할 수 있습니다. 행복은 돈과
명예, 학식, 높은 지위에서 오는 것이 아니니까요. 물론 잠깐은
행복을 느낄 수 있지만, 오래가지 않습니다. 행복한 사람이 되기
위해서는 행복을 주는 사람이 되어야 합니다. 행복을 주게 되면
상대방도 자신도 행복해지기 때문입니다. 다음은 행복한 사람이
어떤 사람인지를 잘 알게 하는 시입니다.

그 사람만 떠올려도
공연히 날아갈 듯 상쾌해지고
마음이 비단결처럼 따뜻해지는

사슴처럼 눈이 맑은 사람

그 사람만 곁에 있어도
마냥 행복해지고
하나도 지루하지 않는
풋풋한 미소가 아름다운 사람

그 사람만 생각하면
그 언제까지나 함께 있고 싶어
마음이 들뜨고
늘 처음 본 듯 호감을 주는
부드럽고 속이 넉넉한 사람

그 사람만 가슴에 담고 있어도
부자가 된 듯 여유롭고
생애에 의미가 되어주는
꿋꿋한 소나무처럼 의연한 사람

그 사람만 보고 있어도
왠지 착하게 살고 싶고
그 어떤 시련이 닥쳐와도 두렵지 않은
용기와 꿈을 주는

아침햇살처럼 맑은 사람

우리는 서로에게
아침햇살 같은 사람이 되어야 하리니
너와 나와 우리가 하나 될 때
삶은 진정 따뜻하다

이는 나의 시 〈아침햇살 같은 사람〉입니다. 이 시에서 보듯 눈부신 아침햇살처럼 맑고 환한 사람은 보기만 해도 기분이 좋지요. 그래서 그 사람을 생각하는 것만으로도 기분이 좋고, 미소가 피어나지요. 그리고 그 사람이 자신 곁에 있다는 것만으로도 위안이 되고, 행복해지곤 합니다.

아침햇살 같은 사람은 자신의 사랑을 나누는 데 인색함이 없고, 상대방을 배려하는 데 부족함이 없습니다. 그리고 자신에게 불리한 일도 헌신적으로 감싸안을 줄 알고, 양보하는 것을 주저하지 않습니다.

아침햇살이 잠에서 깨어난 대지의 모든 생명들에게 환한 빛을 비추어 주듯, 아침햇살 같은 사람 또한 자신이 만나는 사람들에게 웃음을 주고, 행복을 전해주지요.

우리는 서로가 서로에게 아침햇살 같은 사람이 되어야 합니다. 그렇게 될 때 서로가 행복하고, 만족한 삶을 살아가게 되니까요.

지금 이 순간 자신을 한번 생각해 보세요. 나는 아침햇살 같은 사람인지를. 그렇다면 당신은 누구에게나 꼭 필요한 행복한 사람이지요.

그러나 그렇지 않다면 아침햇살 같은 사람이 되기 위해 노력해야 합니다. 그것은 곧 당신을 행복한 사람이 되게 하는 참 좋은 방법이니까요.

22
우리는 행복하기 위해 세상에 왔다

사랑은 산을 변하게 하여
골짜기로 만든다.

남을 위해 일을 할 수 있었다는 것은
어린 시절부터
나의 최대의 행복이었으며 즐거움이었다.

이는 세계음악사에서 최고의 음악가로 평가받는 악성樂聖 베토
벤의 말입니다. 이 말의 핵심은 남을 도와주고, 힘이 되어 줄 때
행복할 수 있음을 말합니다.

행복하기 위해서는 스스로 행복을 만들어야 하는데, 그것은 선
善을 행하는 것입니다. 그리고 사랑하는 것입니다. 선을 행하고
사랑하기 위해서 근본적으로 사랑이 필요합니다. 사랑이 있어야
만 선도 베풀게 되고, 사랑을 베풀게 되고, 사랑하는 사람과 사
랑함으로써 행복하게 될 수 있으니까요.

이처럼 사랑이 모든 것을 가능하게 하는 것은 위대한 능력을

갖고 있기 때문입니다. 이를 좀 더 부연해서 말한다면 사랑은 힘이 세기 때문이지요. 이에 대해 러시아의 소설가 막심 고리키는 다음과 같이 말했습니다.

"사랑은 산을 변하게 하여 골짜기로 만든다."

막심 고리키의 말처럼 사랑은 산을 골짜기로 바꿀 만큼 큰 힘을 가지고 있지요. 그러기 때문에 자신이 행복해지고 싶으면 사랑을 통해 스스로 행복에 이르도록 해야 합니다.

그렇습니다.

우리는 행복하기 위해 세상에 왔습니다.
행복해지고 싶다면 선을 행하고,
사랑을 베풀고, 사랑하세요. 그렇게만 할 수 있다면
누구나 행복에 이르게 되고,
만족한 삶을 살아가게 될 것입니다.

23
일에서 오는 행복

자신이 하는 일을 사랑하세요. 그러면 일은 즐거움을 되어 주고,
행복이 되어 줄 것입니다.

단,

일 분간도 쉴 수 없을 때처럼

행복한 일은 없다.

일하는 것,

이것만이 내가 살고 있다는 증거다.

《파브르 곤충기》의 저자인 장 앙리 파브르는 인류 역사에 찬란
한 금자탑을 세운 생물학자이자 교수였습니다. 파브르는 당시
남들이 관심 갖지 않던 곤충들의 세계를 추적하며 한평생을 바
친 곤충의 아버지이지요. 그의 곤충에 대한 집요한 탐구 정신은,
곤충학이라는 새로운 학문의 영역을 개척하는 데 한 사람이 이
룬 업적으로는 숭고할 정도로 크게 기여했습니다.

파브르는 가난한 시골 농가에서 태어났습니다. 그는 시장에서 과일을 팔고, 공사장에서 일하고 철도공이 되어서도 공부에 대한 열망의 끈을 놓지 못했습니다. 그는 고학으로 사범학교를 마치고, 교사가 되었지요.

파브르는 교사 생활을 하면서도 어렸을 때부터 간직했던 곤충에 대한 연구는 계속되었습니다. 곤충은 그에게 꿈이며 미래였으니까요. 그는 코르시카 섬에 가서 새롭게 둥지를 틀어 섬에 서식하는 동식물에 깊은 관심을 가졌습니다. 그는 유명한 생물학자인 에스프리 르키앙과 함께 연구하며 새로운 사실을 발견할 때마다 환희를 느꼈습니다. 그러나 연구에 매진한 지 얼마 되지 않아 그는 건강을 잃었고, 치료를 위해 섬을 떠나 아비뇽으로 왔습니다.

어느 날 그는 곤충학 연구의 권위자인 레옹 뒤프르의 연구가 잘못되었음을 발견했습니다. 뒤프르는 노래기벌이 엉덩이 침으로 비단벌레를 쏘아 죽인다고 했는데, 관찰을 통해 죽은 것이 아니라 신경이 마비된 것이라는 사실을 알아냈습니다. 파브르는 뒤프르의 이론이 틀렸다는 것을 논문으로 써서 발표했고 그 논문으로 학계의 주목을 받게 되었습니다. 뒤프르는 물론《종의 기원》의 저자로 유명한 찰스 다윈에게도 아낌없는 찬사를 받았습니다. 그는 공적을 인정받아 프랑스 학술원으로부터 상을 받으며 학자로서의 입지를 다졌지요.

곤충학자로 이름을 알리는 데는 성공했지만, 그의 생활고는 여전했습니다. 그는 생활고를 위해 전망이 밝은 염색 산업에 종사하기도 했습니다. 곤충을 연구하기 위해 돈을 벌어야 하는 빠듯한 여건에도 연구에 대한 열정은 식지 않았습니다.

그는 교직에서 물러난 뒤로 세리냥의 외딴 도시에 자리 잡고 곤충기를 쓰기 위해 산과 들을 열심히 헤집고 다녔습니다. 열악한 환경에 죽을 고비도 여러 번이었지만 연구는 계속되었습니다. 그의 책 쓰기는 28년 동안 계속 되었고, 열 권의《파브르 곤충기》로 완간되었지요. 그는 평생을 가난하게 살았지만 연구는 한 번도 멈춘 적이 없었습니다. 평생 자신의 일을 사랑했던 파브르, 그는 일을 행복의 수단으로 승화시킨 인물입니다.

파브르의 일생에서 보듯 일은 즐겁게 해야 합니다. 그래야 밥도 되어 주고, 인생의 의미가 되어 주고, 행복도 선물 받게 됩니다.

그렇습니다. 일을 단순하게 밥벌이 수단으로 여기지 마십시오. 그러면 일은 즐거움이 아니라 고통을 주는 대상으로 여기게 되니까요. 자신이 하는 일을 사랑하세요. 그러면 일은 즐거움을 되어 주고, 행복이 되어 줄 것입니다.

진정한 행복 그 아름다움의 가치

24
순간순간에서 얻는 행복

진정으로 행복하길 바란다면 순간순간 행복을 느끼도록 노력하십시오.
그것이야말로 최선의 행복 법칙인 것입니다.

인생은 어느 쪽인고 하면,

행복할 수 있는 편이다.

그럼에도 불구하고 실제에 있어서

행복이 작은 것은 모두가

순간순간의 행복의 씨앗을

찾으려 하지 않기 때문이다.

사람들은 너무나 처음부터

완전한 전체를 요구하고 있다.

부족한 데서 차차 완전한 것에

가까이 다가간다는 것을 생각하지 않고,

단걸음에 먼 곳의 별을 따라고 한다.

모두 제 발등 밑에 흩어진

아름답고 향기로운

많은 꽃들을 잊어버리고 있다.

이는 '최대 다수의 최대 행복'이라는 공리주의를 주창한 영국의 법학자이자 사상가인 제러미 벤담이 한 말입니다. 벤담의 말에서 보듯 인간은 행복할 수 있는 존재이자, 충분히 행복할 수 있음을 잘 보여줍니다.

그런데 행복할 수 있음에도 행복이 작은 것은 순간순간의 행복의 씨앗을 찾으려 하지 않기 때문이라고 말합니다. 그런 까닭에 행복하기 위해서는 순간순간의 행복의 씨앗을 찾으라는 것이지요. 참으로 적확한 지적이 아닐 수 없습니다.

사람들은 대개 크고 좋은 것에서 행복을 찾으려는 경향이 있습니다. 그리고 단숨에 큰 행복을 추구하려고 합니다. 하지만 그것은 잘못된 생각이지요. 행복도 노력에서 오는 것이므로 작은 것부터 차근차근 실행해나가다 보면 큰 행복에 이르게 되는 것이지요. 그리고 분명히 할 것은 행복은 순간순간 느끼는 것이지, 쌓아두고 나중에 행복하려고 하는 것은 어리석은 일이라는 것입니다. 이에 대해 미국의 시인이자 사상가인 랄프 왈도 에머슨이 이렇게 말했습니다.

"사람들은 일 년 먹을 양식을 광 속에 저장하듯이 행복도 비축해 두었다가 하나하나 소비할 수 있는 걸로 생각한다. 이것은 잘못된 생각이다. 사람은 앞으로 나아가는 거지 한 군데 머무르는 것이 아니다. 앞으로 나아가는 사람에게는 행복이 따르고 멈추는 사람에게는 행복도 멈추는 법이다."

에머슨의 말에서 보듯 행복은 비축해두는 것이 아니라, 순간순간 느낄 때 행복한 삶을 살아가게 되는 것입니다. 그렇다면 순간순간 행복을 느끼기 위해서는 어떻게 해야 할까요.

순간순간 행복을 느끼기 위해서는 행복하기 위한 거리를 찾아야 합니다. 다시 말해 작고 소소한 일에서도 행복을 찾으려고 노력해야 합니다. 그러는 과정에서 희열을 느끼고 행복을 느끼는 것이니까요.

그렇습니다. 벤담의 말이나 에머슨의 말은 표현만 다를 뿐 행복을 찾는 기본 법칙은 같습니다. 진정으로 행복하길 바란다면 순간순간 행복을 느끼도록 노력하십시오. 그것이야말로 최선의 행복 법칙인 것입니다.

25
행복도 마스터플랜이 필요하다

행복하기 위해서는
행복할 수 있도록 시작해야 합니다.

참다운 행복, 그것은 우리들이
어떻게 끝을 맺느냐 하는 것이 아니라
어떻게 시작하느냐 하는 문제이다.
또 우리들이 무엇을 소유하느냐가 아니라
무엇을 바라느냐의 문제이다.

이는 소설 《지킬 박사와 하이드 씨》로 유명한 스코틀랜드의 작가 로버트 스티븐슨이 한 말입니다. 그의 말에서 보듯 행복은 어떻게 시작하느냐가 중요한 문제라는 것입니다. 참으로 올바른 말입니다. 일이든 사업이든 인간의 삶에 있어 모든 것은 어떻게 시작을 하느냐 따라 결과 또한 나타나게 되는데, 이는 행복 역시 시작을 어떻게 하느냐에 달려 있지요. 그러니까 행복하기 위해서는 행복할 수 있도록 시작해야 합니다. 행복도 마스터플랜이 필요한 것이니까요. 그리고 보다 중요한 것은 무엇을 소유하기 보다는 무엇을 바라는 것이 더 중요하지요. 모든 불행은 권력이 든, 돈이든, 지위든 소유하려는 데서 오지요. 소유하려는 마음이 지나치면 탐욕이 되기 때문입니다.

그러나 무엇을 바라느냐는 것은 생각의 문제이자 실행의 문제 이기에 충분히 행복할 수 있지요. 즉 어디에 뜻을 두느냐에 따라는 문제이니까요. 자신이 행복해지고 싶다면, 그것이 무엇이든 자신과 가족, 친구, 주변사람들, 이웃과 사회를 위해 행복할 수 있는 일에 자신의 시간과 땀방울을 쏟아야 합니다. 이는 공의公義 적인 일이기에 자신과 모두가 행복할 수 있는 일이지요. 물론 개인에 있어서도 소유적인 것이 아닌 거라면, 그것 역시 자신을 행복하게 하기에 부족함이 없지요.

그렇습니다. 소유는 개인적인 문제이고 다분히 탐욕적이지만, 무엇을 바라는 공의적인 일은 자신은 물론 모두에 영향을 줄 수 있는 문제이기에 자신은 물론 자신 주변 사람들도 행복하게 할 수 있습니다.

이렇듯 자신에게도 타인에게도 덕이 되는 일을 통해, 얻는 행복이야말로 참다운 행복인 것입니다.

26
감사함의 행복

작은 일에 감사하는 사람들은 큰 일에 감사하는 사람들보다 감사한 일이
그만큼 더 많기에 더 행복할 수 있는 것이다.

아침에 눈을 뜨면 '오늘도 아침을 맞이할 수 있어 감사합니다.' 하
고 기도를 한다. 언제부터인지 모르지만 자연스럽게 이런 기도를
하게 되었다. 그래서일까, 아침을 맞을 때마다 감사한 마음이 든
다. 첫째는 오늘도 밝은 태양을 볼 수 있어 감사하고, 둘째는 일용
할 양식을 먹을 수 있어 감사하고, 셋째는 내가 사랑하는 사람들
을 볼 수 있어 감사하고, 넷째는 내가 좋아하는 글을 쓰고 책을 읽
을 수 있어 감사하다.

무언가에 감사하며 산다는 것은 참 행복한 일이다. 감사하는 삶
은 그 자신을 즐겁게 하고 평안한 마음을 심어주기 때문이다. 행
복하기를 원한다면 감사한 마음부터 가져야 한다. 감사한 마음은
마음이 가난한 사람들에게 많이 온다. 마음이 가난한 사람들은
지극히 작은 일에도 감사하고 행복해한다. 작은 일에 감사하는
사람들은 큰 일에 감사하는 사람들보다 감사한 일이 그만큼 더

진정한 행복 그 아름다움의 가치

많기에 더 행복할 수 있는 것이다.

　이는 나의 〈눈 뜨는 아침의 행복〉이라는 에세이의 일부입니다. 이 글에서 말했듯이 나는 아침에 눈을 뜨면 오늘도 아침을 맞이할 수 있어서 감사하다고 기도를 합니다. 그러면 마음이 포근해지고, 그날은 하루가 행복할 것 같다는 생각이 듭니다.

　그런데 어느 날부터인가 아침에 일어나면 머리가 띵하고 몸이 무거웠습니다. 그러다 보니 내 입에서는 기도가 사라지고, 짜증이 났습니다. 위층에 사람들이 이사 오고 나서 생긴 일입니다. 위층 사람들은 밤낮으로 층간소음을 일으켰습니다. 무엇을 하는지 새벽에 잠도 안 자고 시끄럽게 굴었습니다. 공동주택 예절이 전혀 없는 사람들이었습니다. 그러기를 반복하다 보니 잠을 편히 자지 못했습니다. 그리고 급기야는 불면증에 시달렸습니다. 몸이 지치니 마음도 처져 글 쓰고 책 보는 일에 지장을 받았습니다. 나는 관리소에 이 문제를 해결해 줄 것을 요청했지만, 지켜지지 않았습니다. 나는 괘씸해서 버릇을 고쳐주어야겠다고 생각하고, 그들이 시끄럽게 굴 때마다 신호를 보냈습니다. 그렇게 하다 보니 서서히 조용해지기 시작했습니다. 그들이 이사 오기 전과 같지는 않지만, 그래도 잠을 잘 수 있어 몸과 마음이 안정을 찾았습니다. 그러자 내 입에서는 다시 기도가 나왔습니다. 기도를 하자 몸과 마음이 가벼워지고 감사하는 마음이 더 커졌습니다. 감사하는 마음이 들자 더욱 행복하게 살아야겠다는 생각이 들었습니다.

그렇습니다. 행복은 감사하는 데서 오는 삶의 선물입니다. 그런 까닭에 행복하게 살기 위해서는 감사해야 합니다. 하찮고 작고 소소한 일도 그냥 넘기지 말고 감사하십시오. 감사는 삶에 대한 예의이자 도리이기에, 감사하는 마음이 많을수록 더 큰 행복을 느끼게 된답니다.

진정한 행복 그 아름다움의 가치

27
행복한 아침

눈에 보이는 모든 것이 어제와는 달리 다 새롭게만 느껴졌습니다.
그날 아침은 참으로 행복한 아침이었습니다.

해님이
깔깔깔 까르르르
목젖을 드러내고 웃는 아침은

우리 가족 더 사랑스러워 보이고
학교 가는 길 친구들도 더 다정해 보이고
길가에 꽃들도 더 예뻐 보인다.

해님이
까르르르 깔깔깔
배꼽 빠지게 웃는 아침은

사람들 얼굴마다

밝은 해가 방그레 솟는다.

이는 〈해님이 웃는 아침〉이라는 동시입니다.

어느 해, 오월 아침에 일어나 밖을 내다보니 아침이 참 싱그럽
고 예뻤습니다. 아침을 수없이 맞았지만, 그날 아침은 참 예쁘다
는 생각이 들었습니다. 햇살은 금사金絲처럼 반짝이고, 앞동산 나
무숲은 푸르게 빛나고, 새들은 저마다 목소리를 뽐내며 노래를
불렀습니다. 학교에 가는 아이들은 하나 같이 꽃송이처럼 예쁘
고, 사람들의 얼굴은 평온함으로 가득 찼습니다. 하늘은 구름 한
점 없이 푸르고, 대로를 지나는 자동차 행렬은 일사불란하고, 도
시의 아침은 활기로 들뜨기 시작했습니다.

눈에 보이는 모든 것이 어제와는 달리 다 새롭게만 느껴졌습니
다. 그래서일까, 몸도 마음도 새털처럼 가볍고 하늘을 날듯 기분
이 상쾌했습니다. 그 순간 어린이들을 위해 동시를 쓰면 좋겠다
는 생각이 들었습니다. 그래서 쓴 동시가 바로 〈해님이 웃는 아
침〉이지요. 이 동시에서 표현했듯이 가족도, 친구들도, 길가의
꽃들도 다 예뻤습니다. 그리고 사람들 얼굴마다 밝은 해가 솟듯
환했지요. 지금도 이 동시를 보면 그날이 떠오르며 입가에 미소
가 피어나곤 합니다.

그날 아침은 참으로 행복한 아침이었습니다.

진정한 행복 그 아름다움의 가치

인생은 한 권의 책과 같다.
어리석은 사람은
아무렇게나 책장을 넘기지만
현명한 사람은 공들여 읽는다.
왜냐하면 그들은 단 한 번밖에 그것을
읽지 못한다는 것을 알고 있기 때문이다.

_ 장 파울

3

풍요로운 삶을
찾아가는
마음의 숲길

01
결과를 미리 아는 삶은

적어도 사람이란 약간의 신비로움과 기대감이 주어지게 될 때
더욱 애착을 갖게 되는 것입니다.

사람은 살아가면서 자신의 존재를 느끼고 깨닫는 동물입니다.
따라서 내일 무슨 일이 일어날 것인지에 대해 전혀 안달할 필요
가 없습니다. 앞으로 일어나게 될 자신의 모든 삶을 미리 볼 수
있게 된다면 목적의식은 물론 삶에 대한 흥미를 잃어버리게 될
것입니다. 적어도 사람이란 약간의 신비로움과 기대감이 주어지
게 될 때 더욱 애착을 갖게 되는 것입니다.

만약, 내일의 삶이 온통 고통으로 점철되어 있다면 그 누가 내
일을 살고 싶어 하겠습니까? 때문에 결과를 미리 아는 삶은 긍
정적인 부분보다는 부정적인 부분이 많아지게 될 뿐입니다.

그럼에도 불구하고 많은 사람들이 내일의 삶이 궁금하여 점집
을 찾아갑니다. 그로 인해 점집은 수많은 사람들의 발길로 문지
방이 닳아버릴 지경이라고 합니다.

그야말로 인간의 어리석음이란 바람에 떠다니는 티끌만한 먼

지와도 같은 것이 아니고 무엇이겠습니까.

결과를 미리 알려고 애쓰지 마십시오. 결과를 아는 삶도, 또 그 결과를 미리 알게 해주는 사람도 없습니다. 그것은 오직 인간을 만들고 우주를 창조하신 하나님만 아시는 일입니다. 그러므로 우리가 할 수 있는 일이 있다면 오늘도, 내일도, 모레도 자신에게 주어진 삶을 열심히 사는 것입니다. 열심히 살다 보면 노력에 대한 대가가 반드시 주어지게 될 테니까요.

이런 삶의 자세야말로 하나님에 대한 인간의 예의입니다.

02
인생이란

인생의 목적을 그저 이름이나 내고, 잘 먹고 잘 입고 잘 사는 것에만 둔다면
그것은 생각 없는 돼지들이나 하는 짓에 지나지 않습니다.

"사람은 누구나 착한 일을 향하여 자기 자신을 높이고 발전시키
지 않으면 안 된다. 신은 우리에게 충분한 선을 준 것은 아니다. 다
만 우리가 올바르게 살 수 있는 가능성을 보증하였을 뿐이다. 그
러기 때문에 누구나 자기의 힘으로 자기를 더욱 좋게 이끌어가도
록 노력하지 않으면 안 된다. 그 목적을 달성하는 것이 인생이다."

이는 독일의 실존주의 철학자인 임마누엘 칸트가 한 유명한 말
입니다.

많은 사람들이 흔히 인생의 목적을 잘 먹고 잘 사는 것, 이름을
후세에 남기는 것쯤으로 생각하는 것 같습니다. 그런데 칸트는
착한 일을 통해 자신을 높이고 발전시키라고 말하고 있습니다.
또한 그것을 위해 노력하지 않으면 안 된다고 강조하고 있습니
다. 물론 이것은 비범한 사람으로서 갖는 삶의 마음가짐이라고

할 수 있겠습니다.

　하지만 사람이라면 누구나 그러한 마음가짐으로 살아야 하지 않을까 생각합니다. 착한 일을 하는 데 많이 배우고, 지위가 높아야 하고, 돈이 많아야 한다는 것 등 어떤 자격조건이 주어지는 것은 아니니까요.

　인생의 목적을 그저 이름이나 내고, 잘 먹고 잘 입고 잘 사는 것에만 둔다면 그것은 생각 없는 돼지들이나 하는 짓에 지나지 않습니다.

'착하게 사는 것에 인생의 목적이 있다'는
칸트의 말을 잘 새겨 실천할 수 있다면,
그것이야말로 가장 사람답게 살 수 있는
길이라고 생각합니다.

03
순리의 법칙

순리의 법칙은 사람과 자연의 질서를 평탄케 하는 지름길임을
잊지 말아야 하겠습니다.

사람이 살아가는 데 있어 순리를 따라 살아야 하지만 그렇지
못한 경우를 만나기도 합니다. 순리란 사람이 살아가는 데 있어
서 지켜야 할 도리나 이치에 대한 순종을 말함인데, 일이 잘못되
었을 경우를 보면 대부분 순리에서 벗어난 예가 많음을 볼 수 있
습니다. 다시 말해서 순리를 거스르면 하던 일마저 그르치게 될
때가 많다는 것입니다.

우리는 순리를 거스른 예를 역사를 통해 무수히 보아왔습니다.
순리를 거스르고 질서를 파괴시켜 윤리와 도덕성을 무시함으로
써 야기된, 혼돈과 무질서는 결국 자멸의 길로 접어들게 하는 경
우를 말입니다.

그대 길 가다가 향기로운 꽃을 보면
향기로운 꽃이 돼라

돌을 만나면 주춧돌이 되고

나무를 만나면 사시사철 푸른 소나무가 돼라

그대 길 가다가 우연히 시내를 만나면

속살 훤히 내비치는 시내가 돼라

강을 만나면 고요한 강이 되고

바다를 만나면 용솟음치며

사철 넘실거리는 바다가 돼라

그대 길 가다가 어쩌다 새를 만나면

기쁨으로 노래하는 새가 돼라

달을 만나면 풍성한 달이 되고

별을 만나면 늘 꿈꾸는 하늘이 돼라

그대 길 가다 보면

그대도 길이 되나니

이는 나의 〈그대 길 가다가〉라는 시입니다.

나는 이 시를 통해 순리에 대해 말하고 싶었습니다. 그리고 순
리를 따르는 방법론에 대해 쉽고 자연스럽게 표현하려고 했습
니다.

향기로운 꽃을 만나면 향기로운 꽃이 되고, 새를 만나면 기쁨

으로 노래하는 새가 될 때 진정한 자유와 평화가 찾아온다는 게 이 시의 중심표현입니다.

따라서 순리의 법칙은 사람과 자연의 질서를 평탄케 하는 지름 길임을 잊지 말아야 하겠습니다.

행복한 아침을 여는 책

04
우리가 열심히 살아야 할 이유

할 수 있다는 믿음만 잃지 않고 노력한다면
반드시 일어날 수 있는 기회가 온다

나는 지금껏 살아오는 동안 절망을 끌어안고 뒹굴면서도 목숨을 다하여 성공적인 삶을 살다간 사람들이나, 또 그렇게 살고 있는 사람들을 무수히 보아왔습니다.

그들이 말하는 한결 같은 공통점은 "할 수 있다는 믿음만 잃지 않고 노력한다면 반드시 일어날 수 있는 기회가 온다"는 것입니다.

그렇습니다. 이 말은 교과서적인 말 같지만 그 어떤 말보다도 진정성을 주는 말이라고 할 수 있습니다.

삶은 공짜도 없고 에누리도 없는 절대적인 것입니다. 지겨운 삶이 아니라 삶은 '신비로운 동굴'이라는 자기최면을 걸고, 부지런히 살아가게 되면 자신만의 파라다이스가 펼쳐지게 될 것입니다.

삶은 우리에게
오지 않을 기회를 주지 않는다
우리가 마음 졸이며 기다리는 동안도
삶은 늘 가까이에서 서성거리는
코발트 빛 여인 같이 우리를 바라보고 있다

삶은 우리에게
극복하지 못할 시련을 주지 않는다
우리가 이룰 수 없다고 믿는 믿음 속에서도
삶은 아침햇살에 깨어나는 이슬처럼
늘 경쾌하고 산뜻하다

삶은 우리에게
보이지 않는 소망을 주지 않는다
마지막 열차가 떠나 버린 듯한
허무와 눈물 속에서도
삶은 하얀 손을 내밀어 휘청거리는
우리를 일으켜 세운다

그러하기에 보이지 않던 길에서도
꽃이 피고 안개 낀 겨울 아침 같은
고독 속에서도 새들은 제 갈 길 가듯

삶은 숨겨진 보석을 캐듯
신비로운 동굴이다

이는 나의 〈삶은 우리에게〉라는 시입니다.

나는 이 시에서 아무리 혹독한 시련이나 낭패감, 끝이 보이지 않는 절망감 속에서도 희망은 반드시 있다는 것을 강조했습니다. 삶이란 끈질긴 것이며 끈끈한 생명력을 가진 무한한 존재임을 잘 알기 때문입니다.

자신에게 주어진 삶을 사랑하십시오. 그 삶이 때때로 자신을 외롭게 하고 아프게 해도 끌어안고 사랑해야 합니다. 사랑하다 보면 삶은 반드시 자신이 바라는 것을 안겨줄 것입니다.

05
사람의 본분에 대하여

사람이 동물 중에 으뜸인 것은
자신의 본분을 아는 까닭입니다.

사람이 살아가는 데 있어 지켜야 할 기본적인 본분이 있습니다.

첫째, 절대로 경거망동하지 말 것이며, 한 번 더 생각해보고 앞에 주어진 일을 하는 것입니다. 둘째, 자기의 이익을 위하여 남을 헤치지 말며, 자신이 최고라는 자만에 빠지지 말아야 합니다. 셋째, 겸허하고 온유한 마음을 기르고 남을 비난하지 말 것이며, 쓸데없이 상대방과 경쟁하지 말아야 합니다. 넷째, 나보다 나은 상대를 높여주고, 서로 돕는 일에 주저하지 않아야 합니다. 다섯째, 사람의 길에서 벗어나지 않고, 아름다운 꿈과 이상을 품고 목표를 향해 최선을 다해야 합니다. 여섯째, 헛된 욕망에서 자유롭게 벗어나 부끄러운 일에 물들지 않아야 합니다. 일곱째, 믿음으로 상대방을 대하고 어떤 경우에도 정직성을 잃지 말아야 합니다. 여덟째, 믿음으로 상대방을 대하고 어떤 일에 있어서도 불의와 타협하지 않아야 합니다. 아홉째, 자신의 삶을 함부로 여기지 않고 자신을 존중해야 합니다.

이것이 바로 우리가 지녀야 할 기본적인 본분입니다.

사람이 동물 중에 으뜸인 것은
자신의 본분을 아는 까닭입니다.
그것이 다른 동물과의 삶을 구분하는
'절대적인 잣대'라는 사실을
가슴 깊이 새겨야 할 것입니다.

06
현명한 사람

어리석은 사람들은 아무렇게나 책장을 넘기지만,
현명한 사람들은 공들여 책을 읽는다.

"인생은 한 권의 책과 같다. 어리석은 사람들은 아무렇게나 책장을 넘기지만, 현명한 사람들은 공들여 책을 읽는다. 왜냐하면 그들은 단 한 번밖에 그것을 읽지 못함을 알고 있기 때문이다."

이 말은 독일의 소설가인 장 파울이 한 말입니다. 그는 인생을 한 권의 책으로 비유를 했는데 참으로 그럴듯한 말입니다.

책이란 정독을 해야만 그 책 속에 들어있는 주제와 표현력 그리고 내용에 대해 알 수 있습니다. 우리말에 '수박 겉핥기'라는 말이 있듯 책을 그런 식으로 읽는다면 책을 다 읽고 나서도 무엇을 읽었는지에 대해 아리송할 때가 많습니다.

책 읽는 것조차 공을 들여서 읽어야 하거늘 하물며 삶은 어떠하겠습니까. 자신의 삶을 얼렁뚱땅 대충 살아서는 안 된다는 이 말의 의미는 정문일침의 번뜩이는 지혜가 돋보입니다.

현명한 사람은 멀리 내다보며 꾸준한 자기성찰을 하지만, 아둔한 사람은 눈에 보이는 것만 좇다 한세월을 보내고 맙니다.

인생은 누구에게나 일회전뿐입니다. 그 일회전뿐인 인생을 무가치하게 보낼 수는 없습니다. 먹고 마시는 것이 인생의 목적이라면 그것처럼 불행한 삶이 어디 있겠습니까.

사람은 생각하는 동물입니다. 그리고 창의적인 동물입니다.

자신의 복된 삶을 위하여 공을 들이는 사람만이 행복한 삶을 살 수 있고, 또 그로 인해 다른 사람들에게 삶의 기쁨을 선물할 수 있게 되는 것입니다. 그러므로 자신에게 공을 들이는 현명한 사람이 되어야 합니다.

07
삶에도 법칙은 있다

우리가 희망을 포기하지 않는 한
희망 또한 우리를 버리지 않는다.

우리가 희망을
포기하지 않는 한

희망 또한
우리를 버리지 않는다

나의 〈삶의 법칙〉이라는 시입니다. 나는 전업 작가로 오직 글을 써서 밥을 먹고 사는 사람입니다. 사실, 우리나라처럼 열악한 출판시장에서 글만 써서 밥을 먹는다는 것은 여간 어려운 일이 아닐 수 없습니다. 그런 이유로 대다수의 시인들이나 작가들이 직장을 가지고 있어 생계를 유지하고 있습니다.

하지만 나와 같이 직업을 가지지 않고 전업 작가로 사는 사람들은 늘 궁핍한 삶 속에서 허덕이며 살 수밖에 없습니다.

책이 팔리는 데에 따른 인세나 작품 원고료에 의지해 살다 보니 수입이라는 것이 일정하지가 않습니다. 그래서 가끔은 "목구멍이 포도청이라 어쩔 수 없는 일이야"라는 위안을 스스로에게 하며 문학 강연이나 강의실을 기웃거리기도 합니다.

그러나 그마저 없게 되면 끝이 보이지 않는 캄캄한 터널을 암담한 기분으로 걷는 느낌을 받는 때가 한두 번이 아닙니다. 그렇다고 내 목숨과도 같은 글쓰기를 쉽게 손에서 놓아버리지도 못하는 형국입니다. 수없이 절망하고 또다시 희망을 갖는 일을 반복하게 되지요.

우리가 알고 있는 성공적인 삶을 사는 사람들은 앞날이 까마득하고, 죽음보다 깊은 절망 속을 허우적대면서도 절대로 희망의 끈을 놓지 않습니다. 아니, 오히려 더욱 세게 부여잡고 결국 아름다운 삶의 승리자가 되어 사람들에게 큰 용기를 주고 귀감이 되고 있습니다.

시련은 형벌이 아니라 자신 앞에 놓인 또 다른 길을 찾아가게 하는 새로운 지표이며 보다 나은 삶을 예고하는 희망의 작은 불씨입니다.

이 시는, 수없이 절망하고 수없이 희망을 갖는 내 삶의 진통과 함께 탄생된 작품입니다. 사는 것이 외롭고 쓸쓸하고 힘겨워질 때마다 나는 이 시를 몇 번이고 읽어보면서 축 늘어진 내 어깨를 추스르곤 합니다.

삶에도 저 나름대로의 법칙은 있으니까요.

08
가지 않은 길이 아름다운 이유

자신이 걸어가야 할 길을
분명히 알고 가는 사람의 뒷모습은 아름답습니다.

노랗게 물든 숲 속에 두 갈래 길이 있었습니다.
몸이 하나니 두 길을 다 가볼 수는 없어
나는 서운한 마음으로 한참 서서
덤불 속으로 접어든 한쪽 길을
끝 간 데까지 바라보았습니다.

그러다가 다른 쪽 길을 택했습니다.
먼저 길과 똑같이 아름답고 어쩌면 더 나은 듯도 했지요.
사람이 밟은 흔적은 먼저 길과 비슷했지만,
풀이 더 무성하고 사람의 발길을 기다리는 듯 했으니까요.

그날 아침 두 길은 모두 아직
발자국에 더럽혀지지 않은 낙엽에 덮여 있었습니다.

아, 먼저 길은 다른 날 걸어보리라! 생각했지요.

길은 길로 이어지는 것이기에

다시 돌아오기 어려우리라 알고 있었지만

오랜 세월이 흐른 다음

나는 한숨지으며 이야기를 할 것입니다.

"두 갈래 길이 숲속으로 나 있었다. 그래서

나는 사람이 덜 밟은 길을 택했고,

그것이 내 운명을 바꾸어 놓았다"라고.

이는 미국 자연주의 시인 로버트 프로스트의 〈걸어보지 못한 길〉이라는 시입니다.

나는 이 시를 참 좋아하는데 거기엔 그만한 이유가 있습니다. 프로스트는 무욕無慾적인 삶을 살았습니다. 그는 평생을 시골에서 보내며 자연으로부터 삶을 깨쳤고 그것을 시로 표현했습니다. 그에게 있어 자연은 철학자이자 인생이며, 소망이자 생의 원천이었습니다. 그런 자연과 더불어 삶을 사는 동안 그가 깨달은 것은 '욕심을 버리고 자연과 삶에 순응하는 법'을 배우는 것이었습니다.

그것만이 삶을 가치 있고 소중하게 여기며 살 수 있는 길이라는 것을 배우게 된 것입니다. 그의 이런 사상은 〈걸어보지 못한 길〉 2연에 두드러지게 표현되어 있습니다.

그러다가 다른 쪽 길을 택했습니다.

먼저 길과 똑같이 아름답고 어쩌면 더 나은 듯도 했지요.

사람이 밟은 흔적은 먼저 길과 비슷했지만,

풀이 더 무성하고 사람의 발길을 기다리는 듯했으니까요.

프로스트가 추구하는 삶의 길은 '풀이 더 무성하고 사람의 발길을 기다리는 듯했으니까요.'라는 대목입니다. 풀이 무성하다는 것은 사람의 발길이 미치지 않았다는 것이고, 설령 발길이 미쳤다 해도 극히 소수에 지나지 않아 흔적이 남지 않는 길입니다.

이런 길은 사람들이 잘 가지 않는 길입니다. 때문에 가시도 있을 것이고, 돌부리가 깊은 큰 돌도 있을 것이고, 전갈이나 뱀과 같은 독을 지닌 곤충이나 동물이 있어 위험한 길일 수밖에 없습니다.

대부분의 사람들은 편하고 고르게 잘 닦여진 길을 가기를 소망합니다. 그런데도 프로스트는 풀이 무성하고 거친 길을 택하는, 어쩌면 무모하고 어리석은 모습을 보여주고 있습니다.

그렇다면 풀이 무성한 길은 어떤 길일까요?

그 길은 실리를 좇는 길도 아니고, 명예로운 길도 아니고, 이익을 좇아가는 길도 아닙니다. 그 길은 다른 사람에게는 보잘것없지만 자신에게 있어서만큼은, 온 삶을 내던져 후회 없는 삶을 보낼 수 있는 은혜로운 길을 의미하는 것입니다.

어떤 사람은 단돈 만 원이 있어도 "어, 아직까지도 만 원이나 남았네!" 하고 말하는가 하면, 또 다른 사람은 "어, 겨우 만 원밖에 안 남았잖아!"라고 말합니다. 어떤 정황에 애한 인식의 차이에서 오는 것인데 그 인식의 관점을 어디다 두느냐에 따라 각기 다른 삶의 모습을 보이게 되는 것입니다.

독이 있는 버섯은 모양새가 예쁘고 색깔 또한 화려합니다. 모양새가 예쁘고 화려한 것에 무서운 함정이 도사리고 있는 것입니다. 문제는 대부분의 사람들이 바로 이런 길을 찾아간다는 것에 있습니다. 프로스트는 이를 경계하라는 의미를 시를 통해 보여주고 있는 것입니다.

남들이 찾지 않는 길을 걸어감으로 해서 사람들의 비웃음을 사고, 조롱거리가 된 사람들 중에는 인류역사에 지대한 공헌을 한 사람들이 많다는 사실에 우리는 주목할 필요가 있습니다. 이들은 사람들이 잘 가지 않거나 찾지 않는 길을 택해 걸어감으로써 많은 시련과 역경, 또 그로 인한 고뇌와 번민으로 수도 없이 좌절을 해야만 했습니다. 하지만 그럴 때마다 완전한 절망이란 존재하지 않는다는 것에 희망을 갖고, 모든 역경을 극복하고 자신이 택한 길이 옳았음을 증명해 보였던 것입니다.

자신이 걸어가야 할 길을
분명히 알고 가는 사람의
뒷모습은 아름답습니다.
왜냐하면 그에게는 확고한 의지와
분명하고도 적확한
자신만의 삶을 좇아가는
기개_{氣槪}가 있기 때문입니다.
그리고 그런 사람에게는
기쁨으로 맞이할 수 있는
행복한 미소가 기다리고 있습니다.

09
끊임없이 자신을 독려하라

공짜를 바라는 삶은 그만큼 공허하고 뿌리가 없는 나무와 같습니다.
땀이 섞이고 힘이 보태져서 만들어진 삶이라야 떳떳하고 오래갈 수 있는 것입니다.

힘이 아직

그대를 버리기 전에 마음을 갈아 넣어라.

빛이 아직 남아 있을 때 기름을 넣어라.

이는 서양의 격언입니다. 이 말엔 끊임없이 자신을 위해 독려하고 그 어떤 어려움의 상황에서도 포기하지 말고 최선을 다하라는 의미가 담겨 있습니다. 현대를 살아가는 사람들 중에는 조금만 어렵고 힘든 일이 생겨도 쉽게 삶을 포기하고 자신을 내동댕이치듯 체념에 빠지는 어리석은 사람들이 많습니다.

사람이란 존재는 무한한 꿈과 능력을 갖고 태어나는 축복 받은 동물입니다. 그런데 삶을 포기한다는 것은 우리에게 무한한 능력을 축복으로 주신 절대자에 대한 모독입니다.

그렇습니다. 사람은 누구나 실패를 할 수 있는 것이고, 그 실패는 사람이기 때문에 당연히 하게 되는 실수입니다. 실패를 하지 않는 사람은 아무도 없습니다.

신이 아닌 이상, 사람이라면 누구나 실패를 하는 것은 지극히 당연한 일입니다. 그런데 사람들은 실수를 하거나 자신의 삶이 실패했다고 믿었을 때, 아직까지도 남아있는 힘과 빛을 스스로 포기하는 경우가 많이 있습니다. 이것은 감히 신에게 도전장을 내미는 것과 다름이 없습니다.

역사를 짊어졌던 우리 인류의 선대들이 이런 나약한 삶을 살았다면, 우리는 지금과 같은 시대를 살지 못했을 것입니다. 그들은 수많은 자연의 변화와 횡포에도 굴하지 않고, 지혜와 용기로 그 험난한 역사를 헤쳐 나와 오늘을 우리들에게 물려주었던 것입니다.

삶에는 절대로 공짜가 없습니다.

공짜를 바라는 삶은 그만큼 공허하고 뿌리가 없는 나무와 같습니다. 땀이 섞이고 힘이 보태져서 만들어진 삶이라야 떳떳하고 오래갈 수 있는 것입니다.

절망하기 이전에 아직도 자신에게 바늘구멍만한 빛이 남아있는지, 혹은 공기 돌을 들 만한 힘이라도 남아있는지를 분명히 확인한 후에 대처해나가는 자세를 가져야 합니다. 이것이야말로 자신을 끊임없이 독려하는 삶이 될 수 있는 이유가 되기 때문입니다.

자신의 무능을 탓하기 전에 얼마만큼 자신을 독려해왔는지를 스스로에게 깨우치는 사람이 될 때, 그 앞에 놓여진 길은 언제든 새로운 국면을 맞이할 수 있는 준비를 하게 되는 것입니다.

10
가끔은 자신의 삶의 위치를 살펴보라

사람들은 자신의 환경에 대한 개선은 열망하면서도 자기 자신에 대한 개선에는
게을리한다. 이것이 그들이 속박에서 벗어나지 못하는 이유다.

아주 가끔은 지금 내 자신이 인생의 어디쯤에 와 있는지 살펴
볼 필요가 있습니다. 자신이 세워 놓은 그 길을 제대로 가고 있
는지에 대해서 말입니다.

살펴본 후, 지금 자신이 서 있는 길이 원래의 뜻과 다르다고 해
서 실망을 하거나 인생을 다 산 사람처럼 체념할 필요는 없습니
다. 사람에겐 무한한 가능성이 있으니까요. 그 가능성을 포기하
지 않는 한, 희망 또한 그 삶을 포기하는 일 없이 자기에게로 가
까이 올 때까지 인내심을 갖고 기다리게 되는 것입니다.

"사람들은 자신의 환경에 대한 개선은 열망하면서도 자기 자신에
대한 개선에는 게을리한다. 이것이 그들이 속박에서 벗어나지 못
하는 이유다."

이는 미국의 명상작가인 제임스 앨런의 말입니다. 그의 말처럼 사람들은 대부분 자신에게 주어진 열악한 환경이나 조건에서 대해서는 개선되기를 간절히 바라고 요구합니다. 하지만 자신의 나태함과 게으름, 나쁜 습관, 미루는 습관 같은 문제점들을 개선시키는 일엔 이상하리만치 관대합니다.

왜 그럴까요? 그것은 환경이나 조건은 상대적이기 때문입니다. 가령, 회사의 작업환경이 좋지 않으면 쾌적하게 환경을 개선시켜 달라고 요구하게 됩니다. 그래야 일의 능률이 오른다는 것이지요.

이처럼 외향적인 것엔 매우 적극적으로 대응합니다. 하지만 모순되게도 자신의 문제점을 개선하는 데는 아주 소극적입니다. 이는 아주 잘못된 자세입니다. 자신의 문제점을 개선시키는 자만이 남보다 나은 자리에 오를 수 있고, 더 나은 삶을 누리게 되는 것입니다.

가끔은 자신을 되돌아보며 점검하여 문제점이 발견되면, 즉시 개선하여 풀어나가는 현명한 자세를 가져야 하겠습니다.

11
긍정적인 삶

매사를 긍정적으로 보는 눈과 마음은 사람의 삶을
복되고 아름답게 할 가장 큰 선물이 아닐 수 없습니다.

나는 절실한 소원 하나를 가지고 있다.

그것은 내가 이 세상에 태어난 까닭으로

세상 일이

좋게 되어가는 것을 볼 때까지 살고 싶다는 것이다.

이 말은 에이브러햄 링컨이 한 말입니다.

미국의 역대 대통령 중에 "가장 위대한 인물이 누구냐?"라는
설문조사에서 미국 사람들은 주저 없이 링컨이라고 말했습니다.
뿐만 아니라 각 나라 사람들에게도 링컨은 그 어느 누구보다도
훌륭한 인물로 평가 받고 있습니다.

링컨은 집이 가난하여 정규교육을 제대로 받지 못한 사람입니
다. 그러나 그는 책을 닥치는 대로 읽고 사색하고 홀로 학문을
익히며 지식을 키워나갔습니다.

독학으로 쌓은 그의 지식은 그 어떤 석학보다도 깊이가 있었고 실력 또한 대단했습니다. 실력을 쌓은 그는, 누구 앞에서도 당당했고 학교를 나오지 못한 열등의식 또한 찾아 볼 수 없을 정도로 매사에 긍정적이고 담대했습니다.

　그의 그런 긍정적인 삶은 그를 미국에서 가장 존경받는 대통령으로 만들었고 다른 사람들이 하지 못한 노예를 해방시킴으로써 인류 역사상 큰 업적을 남길 수 있었습니다.

　'자신의 삶이 좋게 되어가는 것보다 세상 일이 좋게 되어가는 것을 볼 때까지 살고 싶다'는 그의 말은 그래서 더욱 감동으로 다가옵니다.

　루소는 "산다는 것은 호흡을 하는 것이 아니라, 무슨 일인가를 하는 것이다"라고 말했는데 이 또한 긍정적인 말이 아닐 수 없습니다. 사는 것이 단지 호흡을 하는 것처럼 단순하다면 사는 것만큼 불행한 일은 또 없을 듯합니다.

　매사를 긍정적으로 보는 눈과 마음은 사람의 삶을 복되고 아름답게 할 가장 큰 선물이 아닐 수 없습니다.

12
소중한 만남을 위한 참 좋은 생각

우리는 이런 행복한 만남을 위해 자신을 낮추고
마음을 맑게 닦아서 늘 준비된 마음으로 살아야 합니다.

우리는 살아가는 동안 많은 사람들을 만나게 됩니다. 그중에는 좋은 인품을 가진 사람도 있고, 좋은 환경조건을 가진 사람도 있고, 지위가 높은 사람도 있고, 성격이나 취미가 잘 맞는 사람도 있습니다. 또한 바람직하지 못한 인격을 가진 사람도 있고, 나쁜 환경 속에 있는 사람도 있고, 변변치 못한 사람도 있습니다.

이처럼 사람은 늘 누군가를 만나며 사는 존재입니다. 그런데 많은 사람을 만나는 것보다 어떤 사람을 만나느냐가 더 중요합니다. 좋은 사람은 자신의 인생에 빛이 되고 꿈이 되고 힘이 되지만, 나쁜 사람은 화를 끼치고 삶을 불편하게 합니다. 그러기 때문에 우리는 사람을 잘 만나야 합니다.

그런데 문제는 소중한 만남은 그냥 이루어지지 않는다는 것입니다. 소중한 만남을 위해서는 자신 역시 좋은 사람이 되어야 합니다. 그래야 상대방이 자신과의 만남을 바라게 되니까요.

나도 누군가에게
소중한 만남이고 싶다

내가 그대 곁에 있어
그대가 외롭지 않다면
그대의 눈물이 되어주고 가슴이 되어주고
그대가 나를 필요로 할 땐
언제든지 그대 곁에 머무르고 싶다

나도 누군가에게
꼭 필요한 만남이고 싶다

내 비록 연약하고 무디고
가진 것 없다 하여도
누구나에게 줄 수 있는 건
부끄럽지 않은 마음 하나

누군가가 나를 필요로 할 땐
주저 없이 달려가 손을 잡아주고
누군가가 나를 불러 줄 땐
그대 마음 깊이 남의 의미이고 싶다

나도 누군가에게
소중한 만남이고 싶다

만남과 만나엔
한 치의 거짓이 없어야 하고
만남 그 자체가
내 생애에 기쁨이 되어야 하나니

하루하루가
누군가에게 소중한 만남이고 싶다

이 시는 〈나도 누군가에게 소중한 만남이고 싶다〉라는 나의 시
입니다.

이 시를 쓰게 된 동기는 만남의 중요성을 간결하고 명쾌하게
전달하고 싶었기 때문입니다. 나는 이 시를 표제로 하여 시집
《나도 누군가에게 소중한 만남이고 싶다》를 냈습니다. 감사하게
도 독자들의 반응이 좋았습니다. 나의 진정성을 독자들이 믿어
주는 것 같아 너무 기뻤습니다.

이 시집은 지금까지 낸 12권의 시집 중에서 가장 아끼는 시집
입니다. 이 시집은 수만 개가 넘는 카페에 올려져 있을 만큼 사
랑받는 베스트 시집이기도 합니다.

이 시가 독자들의 사랑을 받는 이유를 내 나름대로 생각해 보

니 만남의 소중함을 쉽고 간결한 언어로 표현하여 공감을 준 게 아닌가 합니다. 이 시집의 발문을 쓴 정일남 시인은 이 시집에 대해 다음과 같이 말했습니다.

"소월의 시가 눈물과 한의 시라면 김옥림의 시는 실존하는 대상을 사랑의 실체로 삼았다는 데 차이점을 갖는다. 그것은 절망과 패배와 어둠을 가져다주는 대상이 아니고 희망과 행복과 빛을 가져다주는 대상이기 때문에 독자에게 기쁨을 안겨주는 시라고 믿어진다."

그렇습니다. 나의 시적의도를 잘 간파한 말입니다.

이 시에서도 표현했듯이 좋은 만남에는 한 치의 거짓이나 가식이 있어서는 안 됩니다. 또 부끄럽거나 떳떳치 못하거나 조건이 있어서도 안 됩니다. 만남 그 자체가 순수하고, 서로에게 의미가 되고, 힘이 되어주고, 희망이 되어주고, 상대방에게 꼭 필요한 만남이 되어야 합니다.

우리는 이런 행복한 만남을 위해 자신을 낮추고 마음을 맑게 닦아서 늘 준비된 마음으로 살아야 합니다.

13
자신을 들여다보는 삶

좋은 것은 좋은 대로 받아들이고 나쁜 것은 그것이 왜 나쁜 것인가를 알게 되면
그것을 통해 자신에게 유익함을 얻게 됩니다.

"자신을 알려거든 다른 사람이 하는 것을 유심히 보라"는 말이
있습니다. 상대방이 자신의 거울임은 두말할 나위가 없는 까닭
입니다.

좋은 것은 좋은 대로 받아들이고 나쁜 것은 그것이 왜 나쁜 것
인가를 알게 되면 그것을 통해 자신에게 유익함을 얻게 됩니다.

먼지가 없는 깨끗한 거울은 자신의 모습을 환하게 보여주지만
먼지가 가득 낀 거울은 자신의 모습을 희뿌옇게 보여주는 이치
와 같습니다. 그러므로 자신 또한 상대방의 거울인 까닭에 경거
망동을 삼가고 바른 몸과 마음을 지녀야 하겠습니다.

자신을 살피고 돌아볼 줄 아는 사람은 그렇지 않은 사람에 비
해 보다 더 아름답고 평안한 생활을 영위해 나갈 수 있습니다.
왜냐하면 자신을 살피고 들여다봄으로 해서 자신의 옳고 그름

을 알 수 있기 때문입니다. 그래서 잘못된 것이 있으면 고쳐서 바로 잡아야 하고 어긋난 것이 있으면 제 위치로 돌려놓을 수 있게 되는 것입니다. 그래야만 반듯한 삶을 살 수 있게 되어 자신은 물론 다른 사람에게 꼭 필요한 사람이 될 수 있는 것입니다. 다른 사람에게 필요한 사람이 된다는 것은 즐거운 일입니다.

세상에는 세 가지 유형이 있습니다. 꿀벌 같은 사람과 개미 같은 사람, 배짱이 같은 사람이 그것입니다.

꿀벌 같은 사람은, 꿀을 쉼 없이 만들어 자신의 양식으로 삼기도 하고, 사람들에게 제공을 하는 것으로 자신에게나 다른 사람에게 꼭 필요한 사람입니다.

개미 같은 사람은, 자신의 앞가림만 하는 사람입니다. 또 배짱이 같은 사람은, 자신이나 남에게 백해무익한 사람입니다.

그렇다면 우리는 어떤 사람이 되어야 할까요?

그것은 바로 꿀벌 같은 사람입니다. 꿀벌 같은 사람이 되기 위해서는 항상 자신을 들여다보고 부족하다 싶으면 더욱 분발하고 잘못된 것이 있으면 고쳐서 바로잡기 위해 노력해야 합니다.

사람은 유한한 존재임에는 틀림없지만 그 존재 속에는 무한한 능력을 가지고 있는 행복한 동물입니다. 자신을 들여다보는 사람, 그 사람이 바로 진정으로 행복한 사람입니다.

14
항상 기도하는 마음으로 살자

기도는 정성입니다. 정성이 들어간 기도는 진실하고 거짓이 없습니다.
거짓이 없다는 것은 깨끗하다는 것이고 깨끗하다는 것은 곧 진실하다는 말입니다.

도스토옙스키는 "기도를 잊지 말라. 네가 기도할 때마다, 만일 너의 기도가 성실하다면, 그곳에는 새로운 느낌과 새로운 의미가 있을 것이다. 이것은 너에게 생생한 용기를 줄 것이며, 너는 기도가 곧 하나의 교육이라는 사실을 이해할 것이다"라고 했습니다.

기도하는 마음을 가지고 살라는 도스토옙스키의 말은 매우 의미 있는 말이 아닐 수 없습니다. 그렇다고 해서 모든 사람이 신자가 되어야 한다는 것은 아닙니다. 종교인은 종교인으로 기도를 하고 신자가 아닌 사람들 또한 종교 예식이 아닌 나름대로의 기도는 할 수가 있는 것이기에 기도는 누구나 가능한 일입니다.

그렇다면 왜 우리는 기도를 해야 할까요?

기도는 정성입니다. 정성이 들어간 기도는 진실하고 거짓이 없습니다. 거짓이 없다는 것은 깨끗하다는 것이고 깨끗하다는 것은 곧 진실하다는 말입니다.

새해가 되면 누구나 새해 소망을 위해 경건한 마음으로 머리를 숙여 기도를 드립니다. 이렇게 하는 기도에 정성이 들어있지 않다면 그런 기도를 들어줄 신은 아무데도 없습니다. 그러므로 기도를 할 때는 정성을 다해야 합니다.

그리고 기도를 하게 되면 새로운 에너지를 얻게 되고 생생한 용기를 얻을 수 있습니다. 기도를 통해 얻은 새로운 에너지와 생생한 용기는 일상에 있어 큰 위안을 주고 특히 어려운 때일수록 더욱 큰 위로와 힘을 주게 되므로 사람들을 밝고 맑은 삶으로 이끌어 주게 되는 것입니다.

기도는 생활입니다.
도스토옙스키의 말을 간직하고
기도하며 산다면
그 안에서 반드시 큰 용기와 위안을
얻게 될 것입니다.

15
위기를 극복하는 길

위기를 두려워하지 않는 사람은 그 어떤 위기도 막아낼 수 있고
헤쳐 나갈 수 있다는 것을 우리는 분명히 기억해야 합니다.

"우리가 결코 잊어서는 안 될 하나의 사실이 있다. 즉 지금 우리가 대처해 있는 환경이나 또는 꼼짝할 수 없는 곤란한 처지를, 우리가 모르는 다른 어떤 사람은 능히 이겨내고 있다는 점이다. 곤란은 나뿐만 아니라 다른 사람에게도 있었고, 그들은 그 곤란한 장벽 앞에 굴하지 않고 힘차게 뚫고 나갔다는 것도 기억할 필요가 있다."

이는 강연자이자 저술가일 뿐만 아니라 《적극적인 사고방식》이란 저서로 유명한 노먼 V. 필 박사의 말입니다.

사람이 살다 보면 피치 않는 일로 수많은 난관에 부딪히기도 하고 그로 인해 어려움과 고통 속에서 허덕이며 삶을 비관하며 쓸쓸한 길을 갈 때가 있습니다. 그런데 이런 상황에서 사람에 따라 각기 다른 선택을 하게 되는 것을 볼 수 있습니다. 어떤 사람

은 스스로 포기를 하고 어떤 사람은 끝까지 자신을 내던져 극복하려고 안간힘을 씁니다. 똑같은 상황에서 "나는 할 수 없어"라고 말하는 그 순간, 자신이 모르는 어떤 사람은 능히 그 일을 이겨내고 있음을 알아야 합니다.

위기는 곧 또 다른 희망입니다.

실패를 수없이 반복했던 에디슨은 전 세계에서 최고의 발명가가 되었고, 라이트 형제는 비행기를 만들어냈습니다. 뿐만 아니라 에이브러햄 링컨은 미국 역사뿐만 아니라 세계에서도 가장 위대한 대통령으로 존경 받고 있습니다. 이들은 하나같이 거듭된 실패와 위기 속에서 자신의 삶을 성공적으로 이끌었다는 공통점을 가지고 있습니다.

그러므로 위기를 두려워하지 않는 사람은 그 어떤 위기도 막아낼 수 있고 헤쳐 나갈 수 있다는 것을 우리는 분명히 기억해야 합니다.

16
자신에게 진실한 삶

진실한 삶을 산다는 것이 때로는 곤혹스럽고 힘이 들지만
그러한 노력 없이 맑고 푸른 사람으로 살아갈 수는 없습니다.

　자기 스스로에게 진실하지 못하면 상대방에게도 진실할 수 없습니다. 자신의 마음에 검은 먼지가 묻어있는데 어떻게 다른 사람을 행복하게 할 수 있겠는지요? 자신의 마음을 깨끗이 하는 것이, 자신이나 다른 사람에게 진실할 수 있는 것입니다.

　아름다운 삶은 자기 스스로에게 진실할 때 이루어지는 것입니다. 그러므로 '무엇을 먹을까, 무엇을 입을까'라는 생각 이전에 스스로에게 먼저 진실해야 할 것입니다.

　그렇습니다.

　자신에게 진실한 삶만큼 자신을 복되게 하고 기름진 삶으로 이끌어가는 것은 없을 것입니다. 자신의 삶에 충실하다 보면 자신도 모르는 사이에 만족한 생활을 하게 되고 다른 사람에게도 기쁨을 주고 신뢰하는 마음을 주게 됩니다.

　자신을 둘러싸고 있는 주변 사람들은 당연히 그 사람을 믿게 되고 자신의 삶에 있어 그 사람이 꼭 필요한 사람이라 여기며 행복으로 충만한 삶을 누리게 되는 것입니다.

양심에 더러운 먼지가 묻어 있는 사람은 어느 누구도 그런 사람과 함께하려 하지 않습니다. 더러운 것이 자신에게도 옮겨지게 될까 우려하는 까닭입니다.

진실한 삶을 산다는 것이 때로는 곤혹스럽고 힘이 들지만 그러한 노력 없이 맑고 푸른 사람으로 살아갈 수는 없습니다. 풍요로운 인생을 위해 진실해져야 합니다. 진실한 사람만이 여유 있고 만족한 삶에서 기쁨을 누리게 되는 것은 너무나 당연한 일입니다.

17
즐거운 인생이란

행복한 사람은 행복에 빠져 시계를 보는 시간조차 아까워합니다.
시계를 보는 그 짧은 순간조차도 행복을 놓치기가 싫기 때문입니다.

"인생이 짧다고 생각하는 사람은 그만큼 보람에 젖어 사는 것이고, 인생이 길다 생각하는 사람은 그만큼 사는 게 지겨운 것입니다. 인생이 즐겁고 생동감이 넘치면 시간이 빨리 지나가고, 인생이 지겹고 지루하면 시간이 천천히 지나가기 때문입니다. 그러므로 인생이 짧아서 아쉽다는 생각 속에 빠져 사는 사람이 되어야 합니다. 그럴수록 인생은 진주처럼 빛이 나는 것이니까요."

누군가 그랬습니다. 행복한 사람은 시계를 보지 않는다고.
그렇습니다.
행복한 사람은 행복에 빠져 시계를 보는 시간조차 아까워합니다. 시계를 보는 그 짧은 순간조차도 행복을 놓치기가 싫기 때문입니다. 그러므로 행복한 사람에게는 시간이 빨리 지나가게 되는 것이고, 불행한 사람에게는 매시간이 지겹고 괴로워 더디게 가는 것입니다.

　그렇다고 본다면 인생이 짧아서 아쉽다는 생각이 드는 삶을 살아야 하는 당위성을 접하지 않을 수 없습니다. 자신의 삶이 곧 행복하다는 반증이 되는 까닭입니다.

인생은 길다 생각하면 길고
짧다면 아주 짧습니다.
인생이 짧아서 늘 아쉬운 마음으로
사는 사람이 되도록 매 순간을
충실해야 하지 않을까요?

풍요로운 삶을 찾아가는 마음의 숲길

18
때를 기다리는 마음

때를 기다려라,
그리고 그때를 위해 수고를 아끼지 말라.

19세기 프랑스의 비평가인 샤를 오귀스탱 생트뵈브는 "인생은 바느질과 같이 한 땀, 한 땀 해나가야 한다"라고 말했습니다.

이 말의 의미는 서두르지 말고 차근차근 때를 기다리며 살라는 말입니다.

몇 해 전, 나는 아파트 베란다에 텃밭을 꾸며 놓고 고추를 비롯해 방울토마토, 오이 등을 심은 적이 있었습니다. 파랗게 눈을 뜬 모종을 심어 놓고 아침저녁으로 바라보는 그 기분이 얼마나 나를 들뜨게 만들었는지 모릅니다. 며칠 지나지 않아 무럭무럭 자라주길 기대했으나 생각대로 되어주질 못했습니다. 나는 수도 없이 들락거리며 모종들을 관찰했습니다. 이를 보다 못한 지인이 "다 때가 있는 거예요. 참고 기다려 보세요"라는 말로 일침을 가했습니다. 나는 그 말을 듣는 순간, 평범하고 상식적인 진리를 잊고 서두른 내 자신이 한없이 부끄러웠습니다.

약속이나 한 것처럼 애타게 기다릴 때는 침묵하던 고추, 방울 토마토, 오이 등이 어느 순간 일제히 열매를 맺기 시작했습니다. 그때의 기분이란 더운 여름날 갈증을 해소시켜주는 이온음료와 도 같았습니다.

　"빨리, 빨리"라는 근성에 젖어 있는 우리나라 사람들을 두고 외국 사람들이 비판한 기사를 본 적이 있는데, 이는 때를 기다리지 못하는 조급함에서 오는 병폐인 것입니다.

　"때를 기다려라, 그리고 그때를 위해 수고를 아끼지 말라"는 말은 우리나라 사람들에게 가장 필요한 말이 아닐까 싶습니다.

19
있는 그대로 바라보라

순리를 거스르지 말고 기도하며 사는 우리가 되어야 합니다.
그것이 참된 인간성을 지키며 살아가는 최선의 방법이니까요.

사물을 있는 그대로 내버려두라.
그들에게 스스로 무게를 갖게 하라.

겨울날 아침,
단 하나의 사물이라도
있는 그대로 바라보는 데 성공한다면
비록 그것이 나무에 매달린 얼어붙은 사과
한 개에 불과하더라도 얼마나 큰 성과인가.

나는 그것이 어슴푸레한
우주를 밝힐 것이라고 생각한다.

얼마나 막대한 부를 우리는 발견할 것인가.

열린 눈을 가질 때 우리의 시야가 자유로워질 때,
신은 우리 앞에 모습을 드러낸다.

필요하다면 신조차도 홀로 내버려두라.
신을 발견하고자 원한다면 그와 서로를
존중할 수 있는 거리를 두어야 한다.

신을 발견하는 것은,
그를 만나러 가고 있을 때가 아니라
그를 홀로 남겨두고 돌아설 때이다.

감자를 썩지 않게 보존하는 방법에 대해
당신의 생각은 해마다 바뀔지도 모른다.
그러나 영혼이 썩지 않게 하는 방법에 대해서는
수행을 계속하는 일 외에 내가 배운 것은 없다.

미국의 초절주의 사상가이자 저서《월든》으로 널리 알려진 헨리 데이비드 소로. 그는 하버드대학을 졸업하고 노예제도와 멕시코전쟁에 항의하여 월든의 숲에 작은 오두막집을 짓고 살았습니다.
또한 그는 인두세 거부로 투옥 당했으며, 노예운동에 헌신했지요. 그가 중요하게 생각한 것은 명예를 좇고, 부를 축적하고, 신분상승을 추구하는 것이 아니었습니다. 소박하고 단순한 삶 속에서 자연의 순리를 지키며 인간답게 사는 거였지요.

소로의 말에서 보듯 그는 사물을 있는 그대로 내버려두라고 말합니다. 즉, 있는 그대로 바라보라는 것이지요. 왜 그럴까요. 그 어떤 것도 본래의 모습을 지니는 것은 신이 부여한 것이기 때문입니다. 나아가 그는 필요하면 신조차도 혼자 내버려두라고 말합니다. 그리고 그는 영혼이 썩지 않게 하는 방법에 대해서는, 수행을 계속하는 일 외에 내가 배운 것은 없다고 말하지요.

그의 말을 보면 그렇게 산다는 것이 쉽지 않다는 생각이 들 겁니다. 하지만 인간이 인간답게 살기 위해서는 인간의 본분을 지키며 삶의 본질을 훼손시키지 않아야 합니다. 그렇게 하기 위한 방법으로서 있는 그대로 바라보아야 하고, 영혼이 썩지 않게 기도를 통해 몸과 마음을 닦는 일에 힘써야 하는 것입니다.

그렇습니다. 하루하루가 초스피드로 바뀌는 현대사회에서, 지친 몸과 마음을 다스리며 행복을 추구하기 위해서는 순리를 거스르지 말고 기도하며 사는 우리가 되어야 합니다. 그것이 참된 인간성을 지키며 살아가는 최선의 방법이니까요.

20
순수한 마음으로 살라

네가 순수해지면, 삶의 신비를 풀게 될 것이다.
나는 진리 안에 머물고 진리는 내 안에 머물게 되리라.

네가 순수해지면,

삶의 신비를 풀게 될 것이다.

나는 진리 안에 머물고

진리는 내 안에 머물게 되리라.

내 마음이 순수해질 때,

나는 안전하고 분별력을 지니며

완전히 자유로워지리라.

조화의 원리, 정의,

또는 신성한 사랑을 발견하면

모든 것이 있는 그대로의 모습으로 보인다.

착각을 일으키는 이기심과 의견의 매개 없이

바로 볼 수 있기 때문이다.

있는 그대로의 모습으로 보면,
세계 전체가 하나의 존재이며
세계의 모든 다양한 작용들은
단일 법칙의 현실인 것이다.

영국의 베스트셀러 작가이자 《위대한 생각의 힘》의 저자인 제임스 앨런의 말입니다. 그는 자발적 빈곤, 즉 스스로 가난을 자처하며, 사색과 기도의 삶을 추구했습니다. 그가 그렇게 한 것은 그것만이 자신을 현실로부터 벗어나, 자신이 바라는 삶을 살게 하는 방법이라고 여겼기 때문이지요.

앨런에게 있어 부유하게 사는 것, 높은 지위에 오르는 것이 잘 사는 삶이 아니었습니다. 그에게 있어 잘 사는 삶이란 가난을 가난이라 여기지 않고, 부족함을 부족함으로 여기지 않고, 인간의 본질을 지키며 행복을 추구하는 것이었지요.

그가 한 말에서 이를 잘 알게 하는 것이 "네가 순수해지면, 삶의 신비를 풀게 될 것이다. 나는 진리 안에 머물고 진리는 내 안에 머물게 되리라. 내 마음이 순수해질 때, 나는 안전하고 분별력을 지니며 완전히 자유로워지리라"라는 말입니다. 여기서 마음이 순수해진다는 것은 '인간의 본성'을 말하는 것이지요. 즉, 참된 마음을 의미하는 것입니다.

그렇습니다. 참된 마음을 지니고 살면 그 어떤 부조리한 삶의 유혹도 물리칠 수 있고, 불의한 일에서도 자연스러울 수 있습니다. 그런 까닭에 죄에 물들지 않고 인간의 본성을 지키며 살게 되는 것입니다.

마음을 깨끗이 하여
순수한 마음으로 사는 것,
이것이 바로 우리가 추구해야 할
참된 삶인 것입니다.

21
주어진 상황을 즐기기

즐거라.
어떠한 상황에서도 즐거움을 끌어내라.

즐거라.

어떠한 상황에서도 즐거움을 끌어내라.

심지어 나쁜 상황에서도,

아니, 특히 나쁜 상황에 처했을 때

즐거움을 끌어내라.

즐거움은 어디에나 있다.

스스로를 통해 즐거움이 발현되도록 해야 한다.

즐거움에 저항하거나 거부하지 말라.

큰 슬픔에 처해도 즐거움을 위한 여유는 있다.

살아있지 않다면

슬픔 또한 경험할 수 없지 않겠는가?

인생이 제공하는 모든 것과 함께

자신의 인생을 즐거라.

행복뿐만 아니라, 슬픔도 즐겨라.

성공뿐만 아니라, 실패도 즐겨라.

새로운 관계뿐만 아니라, 이별도 즐겨라.

즐겁지 않은 삶의 교훈조차 즐겨라.

이는 루마니아의 파워 불로거인 드라고스 로우아가 한 말입니다. 로우아는 물질적인 풍요를 누리며 살 수 있는데도 다 내려놓고, 자신이 원하는 삶의 방향에 따라 하루를 즐겁게 살아가고 있습니다.

로우아는 행복은 삶의 목표가 아니라 삶의 과정이라고 말합니다. 그러기 때문에 하루하루를 즐기며 살아야 한다고 주장합니다. 여기서 한 가지 분명히 할 것은 즐긴다는 것은 쾌락이나 유희가 아닙니다. 즐긴다는 것은 자신이 하는 일로 또는 추구하는 것을 즐기며 사는 것을 의미합니다.

로우아의 말엔 이러한 그의 삶의 철학이 집약되어 있습니다. 그는 "즐겨라. 어떠한 상황에서도 즐거움을 끌어내라. 심지어 나쁜 상황에서도, 아니 특히 나쁜 상황에 처했을 때 즐거움을 끌어내라"고 말하는데, 이처럼 긍정적인 마인드로 살아가면 극한 상황에서도 포기하지 않고, 삶을 보다 낙관적으로 바라보게 되지요.

그렇습니다. 로우아의 말처럼 슬픔도 즐기고, 실패도 즐기고, 이별도 즐기고, 즐겁지 않은 삶의 교훈도 즐길 때 최악의 상황에서도 벗어나 행복에 이르게 되는 것입니다.

풍요로운 삶을 찾아가는 마음의 숲길

주어진 상황을 떠나
즐겁게 산다는 것은
신나고 감사한 일이지요.
그런 삶의 자세를 지향하며
사는 나와 너, 우리가 되어야겠습니다.

22
본심을 견고하게 하기

본심을 튼튼하게 하기 위해서는 기도와 사색으로 마음을 맑게 하고,
독서를 통해 심지를 견고히 해야 합니다.

귀는 고운 소리를 듣고,

눈은 아름다운 빛깔을 본다.

하지만 이 눈과 귀는 밖에 있는 도둑이다.

그리고 속에 있는 욕심이나

야심은 안에 숨어 있는 도둑이다.

그러나 우리의 본심만 꿋꿋하면

그 도둑들은 얼씬도 못한다.

이는 《채근담》에 나오는 말입니다. 이 말이 의미하는 것은 본심을 견고하게 하라는 말이지요. 그러면 본심本心이란 무엇일까요. 인간 본래의 마음을 말합니다. 인간의 본심은 맹자孟子의 성선설性善說이나 순자의 성악설性惡說을 떠나 인간다움을 잃지 않는 순수성이라고 할 수 있습니다.

맹자의 성선설이나 순자의 성악설은 인간이 지닌 마음의 단편적인 것에 불과합니다. 인간의 마음은 우주와 같이 복잡하고 미묘하기 때문에 인간의 본심을 선이나 악으로 말하는 것은 빙산의 일각에 불과하기 때문이니까요.

앞에서 말했듯이 여기서 인간의 본심은 순수성을 말하는 것입니다. 그런 까닭에 본심을 잃으면 인간의 본질을 벗어나게 되지요. 인간의 본심을 지키며 살기 위해서는 볼 것만 보고, 들을 것만 들어야 합니다. 안 봐도 되는 것을 보고, 안 들어도 될 것을 듣다 보면 인간의 본질을 벗어나 죄악에 물들고 불행한 길로 빠지게 되지요. 그래서 눈과 귀는 밖에 있는 도둑이라고 한 것이지요. 또한 마음속에 있는 욕심이나 야심은 안에 있는 도둑이지요. 이 또한 본심을 흐리게 하여 나쁜 길로 빠지게 하는 원인입니다. 그런 까닭에 본심을 튼튼하게 해야 합니다.

본심을 튼튼하게 하기 위해서는 기도와 사색으로 마음을 맑게 하고, 독서를 통해 심지心地를 견고히 해야 합니다. 그렇게 될 때 본심을 흔들고 유혹하는 것들로부터 나를 온전히 지켜낼 수 있습니다.

그렇습니다. 본심을 견고히 하여 인간의 본질을 잃지 말아야 하겠습니다.

23
불필요한 말을 삼가라

잘하는 말은 불필요한 말을 삼가고,
필요한 말을 논리에 맞게 하는 것입니다.

말이란
꼭 많이 해야만 잘하는 것이 아니다.

세상의 모든 만물들은
말하지 않아도 제 몫을 잘해낸다.

꽃이 말하는 것을 보았는가?

해와 달이 말하는 것을 보았는가?

당연히 못 봤을 것이다.
하지만 그들은 자신의 일을 잘해낸다.
사람의 말도 이와 같다.

말을 많이 한다고 해서
다 쓸모가 있는 것은 아니다.

이는 중국 춘추전국시대의 사상가로 겸애사상兼愛思想을 주창한 묵자墨子의 말로, 불필요한 말을 삼가고 조심해야 함을 의미합니다. 이 말을 한 데에는 다음과 같은 일화가 있습니다.

어느 날 자금이라는 사람이 묵자를 찾아와 고민을 털어놓으며 가르침을 청했습니다.
"선생님, 저의 고민을 청하오니 가르침을 주십시오."
"그래요? 무슨 일인지 말해 보시오."
묵자는 인자한 미소를 띠며 말했습니다.
"저는 말을 잘하는 사람을 보면 존경심이 듭니다. 말을 잘하는 사람들은 발음도 정확하며 태도 역시 반듯합니다. 저는 사람들 앞에만 서면 다리가 심하게 떨리고 말을 할 수가 없습니다. 말을 잘할 수 있는 방법을 제게 가르쳐 주십시오."
자금은 말을 마치고 묵자의 가르침을 기다렸습니다.
"말은 그다지 중요하지 않소. 세상 만물 모두가 말하고 살지는 않지요. 천지를 환히 비추는 해와 달도 언제나 말없이 제 일을 하지요. 나무가 말을 하지 않아도 우리에게 주는 이로움은 줄어들지 않지요. 아무리 말을 잘한다고 해도 검은 말을 하얗게 만들 수는 없지요."

묵자의 말에 자금은 고개를 끄덕이며 경청했습니다. 그래도 궁금증이 풀리지 않아 다시 물었습니다.

"선생님, 말을 잘하는 능력이 있다면 효용성이 매우 클 것입니다. 어떻게 하면 되겠는지요?"

"그대가 간청하니 예를 들어 보겠소. 파리와 모기는 하루 종일 소리를 내지요. 그런데 그 소리가 아름답다는 생각이 들던가요? 그들이 내는 소리는 아무런 도움이 되지 않으며 오히려 사람들을 괴롭게 할 뿐이지요. 반대로 수탉은 아무 때나 울지 않지요. 수탉은 날이 밝기 시작할 때 우는데 이 소리를 듣고 사람들은 잠에서 깨 하루 일과를 시작하지요."

"네, 선생님. 선생님 말씀을 듣고 보니 미처 그 진리를 깨닫지 못했습니다. 과연 선생님 말씀은 진리이십니다."

묵자의 말에 자금은 무릎을 치며 말했습니다. 그는 묵자에게 거듭 감사를 표하고 깊은 깨달음을 안고 돌아갔습니다.

이 일화에서 보듯 말을 많이 하고, 유창하게 해야 잘하는 것이 아니라는 것을 알 수 있습니다. 말이 많으면 실수가 따르게 되고, 그것은 아니함만 못하지요. 잘하는 말은 불필요한 말을 삼가고, 필요한 말을 논리에 맞게 하는 것입니다. 그래야 실수를 줄이고, 상대에게 믿음을 줄 수 있기 때문입니다.

그렇습니다. 불필요한 말이나 쓸데없는 말을 삼가고, 필요한 말을 논리에 맞게 해야 하겠습니다.

인간은 삶이라는
거미줄을 짜는 거미가 아니라,
그 거미줄을 이루는
한 올의 줄일 뿐이다.

인간이 거미줄에 하는 짓은
모두
그 자신에게 하는 짓이다.

_ 시애틀 추장

맑은 사색을 위한
지혜의
강물

01
사색의 숲길을 걸으며

끊임없이 자신을 돌아보며 잘한 일과 잘못 되어진 일을 반성하고,
마음을 세심하는 것이야말로 진정한 행복을 찾는 길입니다.

　미국의 시인이자 사상가인 랄프 왈도 에머슨은 "돈 많은 사람과 내면적 사색이 충실한 사람 중에 누가 더 행복한가? 그 개인의 생활을 보더라도 사색이 충실한 쪽이 더 행복하다"라고 했습니다.

　이 말의 의미는 현대를 살아가는 사람들에게 있어 매우 뜻깊은 이야기가 아닐 수 없습니다. 현대는 디지털 정보화로 인해 전반적으로 사람들이 살아가는 데 있어 풍족하고 편리한 생활구조로 하루가 다르게 변화되고 있습니다. 먹는 것이나 입는 것은 물론 말할 것도 없고 의술의 발달로 건강을 염려하는 것도 이젠 옛말이 되었습니다.

　은행에 가지 않고 가만히 앉아서 은행 업무를 처리할 수 있으며, 백화점이나 시장에 가지 않고도 쇼핑을 할 수 있습니다. 힘들게 여기저기 쫓아다니며 볼일을 볼 필요 또한 없어졌습니다.

그야말로 사람이 살아가는 데 있어서 이보다 편할 수는 없을 만큼 편한 세상입니다.

그러나 편해진 만큼 사람들의 마음속에 공허함이 날로 쌓여가고 정신적 공황으로까지 치닫게 된 것은 정말 아이러니한 일이 아닐 수 없습니다.

무엇 때문일까요?

이렇게 된 것에는 그럴 수밖에 없는 이유가 있습니다.

오직 잘살아보겠다는 일념으로 정신없이 일에 몰두하여 물질은 풍요로워질 수 있었던 반면 정신적으로는 고갈이 되었던 것입니다. 물질을 키우기 위해 쏟는 에너지가 정신적인 피폐를 가져오고 만 것입니다. 그래서 세상에 지친 사람들은 안식의 필요성을 느끼게 되었고 그 일에 공감하고 있습니다.

요가를 비롯해 마음을 다스리는 신종 직업이 등장하여 공감을 얻는 것도 이런 이유에서 가능하게 된 것입니다. 그리고 이런 것들은 지친 현대인의 갈증 난 마음을 어느 정도 해소시켜주고 있는 것 또한 사실입니다.

그러나 보다 더 근본적인 해법을 찾아야만 합니다. 그러기 위해서는 우선 사색하는 힘을 길러야 합니다. 사색이야말로 정신적인 공황으로부터 벗어날 수 있는 가장 근원적인 해법이 될 수 있습니다.

가끔씩 숲이 우거진 길을 걷다 보면 온몸과 마음이 한없이 맑아오는 경험을 하게 됩니다. 이 숲길엔 폐부 깊숙이 파고드는 신선한 풀 냄새와 코끝을 적시는 흙내 그리고 청아한 새소리와 손으로 짜보면 금방이라도 한 움큼의 푸른 물이 뚝뚝 흘러내릴 것만 같은 산바람이 있어 일상에 찌들고 지친 사람들의 칙칙하고 그늘진 마음을 깨끗이 씻어줍니다.

사색이란 이처럼 생각을 통해 스스로의 마음을 씻어주는 역할을 합니다. 이것을 세심洗心이라고 하는데 고도의 수행을 통해 선각先覺의 길을 가는 성직자들 또한 따지고 보면 이런 깊은 사색을 하기에 가능한 일입니다.

사람들에게 행복을 주는 것은 결코 물질이 아닙니다. 물질이 사람들에게 일시적인 마음을 충족시킬지는 몰라도 영원할 수는 없습니다. 끊임없이 자신을 돌아보며 잘한 일과 잘못 되어진 일을 반성하고, 마음을 세심하는 것이야말로 진정한 행복을 찾는 길입니다. 어느 시대를 막론하고 권력자들이나 부를 누린 자들의 삶이 결코 행복했다고는 말할 수 없는 이유가 여기에 있습니다.

대다수가 오히려 권력과 부로 인해 불행했음을 알 수 있습니다. 그와 반대로 진실한 삶의 깨우침을 위해 산 많은 선인들은 가난과 빈곤 속에서도 주눅 들지 않고 청량한 삶을 살았습니다. 그리고 후세 사람들에게 존경과 경외의 대상으로 영원히 살아 있습니다.

아프리카의 성자 알버트 슈바이처는 "사색하는 것을 포기하는 것은 정신적 파산의 선고와 같은 것이다"라고 했는데 이것은 사색이 우리 사람들에게 미치는 영향을 보여주는 단적인 예가 아닐 수 없습니다.

사색은 사람들의 마음을 살찌게 하고 깨끗하게 합니다.
사색하는 사람은 지혜가 번뜩입니다.
사색에서 오는 지혜야말로 사람들을
인간 본연의 마음으로 돌아가게 하고,
사람이 걸어야 할 올바른 길을 걸어가게 합니다.

맑은 사색을 위한 지혜의 강물

02
오늘이란 말은

짧은 인생은
시간의 낭비에 의해서 더욱 짧아진다.

'오늘'이란 말은 싱그러운 꽃처럼 풋풋하고 생동감을 안겨줍니다. 마치 이른 아침 산책길에서 마시는 한 모금의 시원한 샘물 같은 신선함이 있습니다.

사람들은 누구나 아침에 눈을 뜨면 새로운 오늘을 맞이합니다. 오늘 할 일을 머릿속에 떠올리며 하루를 설계하는 사람의 모습은 한 송이 꽃보다 더 아름답고 싱그럽습니다.

그 사람의 가슴엔 새로운 것에 대한 기대와 열망이 있기 때문입니다. 반면에 그렇지 않은 사람들은 오늘 또한 어제와 같고 내일 또한 오늘과 같은 것으로 여기게 됩니다. 그러니 새로운 것에 대한 미련이나 바람은 어디로 가고 매일매일에 변화가 없습니다. 그런 사람들에게 있어서 '오늘'은 결코 살아있는 시간이 될 수 없습니다. 이미 지나가버린 과거의 시간처럼 쓸쓸한 여운만이 그림자처럼 붙어 있을 뿐입니다.

오늘은 '오늘' 그 자체만으로도 아름다운 미래로 가는 길목입니다. 그러므로 오늘이 아무리 고달프고 괴로운 일들로 발목을 잡는다 해도 그 사슬에 매여 결코 주눅이 들어서는 안 됩니다. 사슬에서 벗어나려는 지혜와 용기를 필요로 하니까요.

오늘이 나를 외면하고 자꾸만 멀리멀리 달아나려 해도 그 오늘을 사랑해야 합니다. 오늘을 사랑하지 않는 사람에게는 밝은 내일이란 '그림의 떡'과 같고 또 그런 사람에게 오늘이란 시간은 희망의 눈길을 보내지 않습니다.

영국의 시인이자 비평가인 사무엘 존슨은 "짧은 인생은 시간의 낭비에 의해서 더욱 짧아진다"고 했습니다. 이 말의 의미는 시간을 헛되이 쓰지 말라는 것입니다. 오늘을 늘 새로운 모습으로 바라보고 살라는 것입니다.

누구에게나 늘 공평하게 찾아오는 삶의 원칙이 바로 '오늘'이니까요.

03
강이 아름다운 이유

매일 내 자신을 새롭게 하라. 몇 번이라도 새롭게 하라.
내 마음이 새롭지 않고서는 새로운 것을 기대하지 못한다.

강이 아름다운 건 한곳에 머물지 않고 끊임없이 새로운 곳을 향해 흘러가기 때문입니다. 이른 새벽안개에 잠겨 있는 강을 보거나 노을빛에 물든 강을 보면 그 황홀함에 탄성이 절로 나옵니다. 그러나 단순히 이런 외적인 모습만 보고 강이 아름답다고 하는 것은 강의 속성을 잘 모르고 하는 말입니다.

강물이 고여 있으면 그 강물은 썩기 마련이고 강으로써의 생명력을 상실하게 됩니다. 강이란 흐르면서 정화작용을 하게 되고 그 정화된 물속에서 물고기들을 비롯한 각종 생물들이 숨을 쉬며 살아갑니다.

강은 흐르면서 많은 생명들을 태어나게 하고 또 성장하게 합니다. 그래서 강이 흐르는 곳에는 반드시 새로운 변화가 일어납니다.

우리의 삶도 강이 흐르는 것과 같은 이치입니다. 언제까지나 변화할 줄 모르고 그 자리에 머무는 삶이란 호흡을 멈춘, 미래가 없는 내일과 같을 테니까요. 우리도 강처럼 끊임없이 변해야 합니다. 그래야만 새로운 미래를 맞이할 수 있습니다.

동양 명언에 "매일 내 자신을 새롭게 하라. 몇 번이라도 새롭게 하라. 내 마음이 새롭지 않고서는 새로운 것을 기대하지 못한다" 라는 말이 있습니다. 이 말의 의미는 변화란 곧 새로움을 일컫는 다는 말과 같습니다.

이상理想을 간직한 사람은 언제나 무언가를 꿈꾸는 삶을 살게 됩니다. 이상을 찾아가는 원천이 바로 변화라는 것을 잘 알고 있 는 까닭입니다.

맑은 사색을 위한 지혜의 강물

04
환상은 꿈이 아니다

작고 보잘것없는 것을 소중히 여기는 사람들 마음속에는
평안과 온유함이 언제나 가득 넘쳐흐릅니다.

살아가는 동안 사람들은 좀 더 좋은 것, 좀 더 큰 것, 좀 더 높은 자리, 그리고 다른 사람이 가지고 있지 않은 고급스러운 명품으로 자신의 위세를 나타내려는 경향이 있습니다. 그러나 이런 것에 집착하다 보면 환상의 노예로 전락하기 십상입니다.

환상의 특징은 사람의 마음을 들뜨게 하고, 자제력을 잃게 하는 한편 판단 능력을 훼손시킵니다. 뿐만 아닙니다. 순수성을 잃게 하는가 하면 허영에 빠지게 하여 거짓된 마음의 지배를 받게 합니다.

커다란 점보비행기나 수십만 톤이 넘는 배도, 볼트와 너트라는 작은 부품들이 요소요소에 조립되어 자리를 잡아야만 움직이게 됩니다. 작다는 것은, 흠도 아니고 무능함을 가늠하는 잣대도 아닙니다. 만약 이런 작은 부품들이 없다면 점보비행기나 수십만 톤의 배는 결코 만들어질 수 없습니다. 그런데도 사람들은 무조

건 크고 화려한 것들을 쫓는 불나방처럼 이곳저곳을 기웃거립니다. 이런 사람들의 마음은 늘 허기로 삐걱거릴 수밖에 없습니다.

 작고 보잘것없는 것을 소중히 여기는 사람들 마음속에는 평안과 온유함이 언제나 가득 넘쳐흐릅니다. 진정 작은 것의 소중함을 아는 까닭입니다.

환상은 어디까지나 환상일 뿐, 꿈이 될 수는 없습니다.
환상을 꿈으로 착각한다면 이는 섶을 지고
불길로 뛰어드는 이치와 같음을 알아야 합니다.

05
바른 눈을 길러라

사람 눈이 두 개 있다고 해서 그만큼 조건이 좋은 것은 아니다.
한쪽 눈은 인생의 좋은 부분을 보며, 또 한쪽 눈은 나쁜 부분을 보는 것에 소용된다.

프랑스의 작가이자 사상가인 볼테르는 "사람 눈이 두 개 있다고 해서 그만큼 조건이 좋은 것은 아니다. 한쪽 눈은 인생의 좋은 부분을 보며, 또 한쪽 눈은 나쁜 부분을 보는 것에 소용된다. 착한 것을 보는 쪽의 눈을 가려버리는 나쁜 버릇을 가지는 사람은 많으나, 나쁜 것을 보는 눈을 가려버리는 사람은 드물다"고 설파했습니다.

그렇습니다.

이 말은 사람이 지니고 있는 이중성을 잘 말해주고 있는데 옳고 반듯한 것보다는 일탈되고 모난 것을 추종하는 사람들의 속성을 극렬히 보여주는 말입니다.

사실 착하게 산다는 것, 반듯하게 산다는 것은 쉽지 않은 일입니다. 성인聖人의 길을 걸어간 사람들의 삶을 보면 온갖 고뇌와 역경의 일생을 살았음을 알 수 있으니까요.

착하게 산다는 것은 아무나 할 수 있는 것은 아닙니다. 그러나 착하게 사는 것이 힘들고 고달파도 착한 쪽을 바라보는 바른 눈을 기르는 것을 멀리해서는 안 됩니다. 착함은 모든 사람이 지녀야 할 최우선의 덕목이고 가치관이니까요.

맑은 사색을 위한 지혜의 강물

06
멀리 보는 눈이 아름답다

자신을 조율할 줄 아는 힘이야말로
자신을 평화로운 삶으로 인도하는 안내자가 될 수 있습니다.

바다가 내려다보이는 언덕에서 멀리 내다보면 가슴이 시원하고 뭉클해짐을 느끼게 됩니다. 넓게 펼쳐진 수평선을 바라보는 것만으로도 감동을 느낄 수 있으니까요.

멀리 보는 눈은 깊고 사색적입니다. 또한 온화하고 평화스럽습니다. 하지만 개나 이리, 호랑이와 같은 맹수의 눈은 늘 주위만을 맴돌 뿐입니다. 먹이를 찾느라 멀리 볼 겨를이 없기 때문에 언제나 고개를 숙이고 코를 땅에 박고 킁킁거리며 다닙니다.

현대를 살아가는 사람들도 다를 바가 없다는 생각이 듭니다. 눈에 보이는 것만 끝없이 쫓아다니고, 물질의 탐욕에 사로잡힌 사람들의 눈을 보면 맹수의 눈에서나 볼 수 있는 광채가 번뜩입니다. 마치 먹잇감을 노리는 맹수처럼 말입니다. 그러한 사람들 눈에서는 좀처럼 선함을 찾아볼 수가 없습니다.

오로지 물질의 노예로 보일 뿐 그 이상도 그 이하도 아닙니다. 물질이란 바람에 흩어지는 먼지와 같습니다. 손에 잡혔다가 자신도 모른 사이에 달아나 버리는 먼지.

　사람들이 멀리 내다보지 못하고 물질의 금고에만 눈을 고정시킨다면 정신적 빈곤에서 오는 심리적 황폐함은 피하기 어렵습니다. 따라서 적절히 자신으로부터 물질의 금고와의 거리를 유지하는 것이 좋습니다.
　자신을 조율할 줄 아는 힘이야말로 자신을 평화로운 삶으로 인도하는 안내자가 될 수 있습니다. 그 힘을 얻기 위하여 동서양을 막론하고 수많은 사람들이 힘든 수행을 쌓아왔고 또 쌓고 있습니다.
　적어도 그들과 어깨를 나란히 할 수는 없더라도 삶의 안목을 넓히고 사사로운 일에 집착하지 말며, 자신의 내면적 삶의 가치를 높일 수 있도록 독서와 사색을 통한 지속적인 성찰을 해야만 할 것입니다.

07
인간을 이해하는 방법

사람을 이해하는 데는 시간을 두고 세심하게 살피는 배려가 있어야
다른 사람에 대한 오판을 막을 수 있는 것입니다.

"인간을 이해하는 방법은 단 한 가지밖에 없다. 그들을 판단함에
있어서 결코 서둘러서는 안 된다는 것이 바로 그것이다"라고 생
트뵈브는 말했습니다. 이 말은 사람이 사람을 이해함에 있어 속
단은 금물임을 엄중히 경고하는 말입니다. 바꿔 말하자면 사람을
판단하는 데 있어 여유 있는 마음으로 꾸준히 지켜보고 난 뒤에
그 사람이 어떤 사람인지에 대해 판단하라는 것입니다.

사람들이 무슨 일을 하는데 있어 — 그것이 인간관계라든지, 아
니면 일에 있어서든지 — 일이 잘 되고 못 되는 것은 일을 서두르
는 데서 영향을 받게 되는 경우가 많습니다. 서두르는 것은 그만
큼 실패할 확률을 배제할 수 없습니다. 차분히 계획을 세워서 일
을 진행시키게 되면 성공의 확률 또한 많아지는 것입니다. 하물
며 사람이 사람을 이해하는 데 있어 깊은 관찰 없이 속단해서,

혹은 남의 말만 듣고 그 사람을 일방적으로 판단하는 것처럼 어리석은 일은 없습니다.

사람을 속단해서 판단하는 사람들이 저지르기 쉬운 오류의 유형은 사람의 겉모습만을 보고 판단하는 것에 있습니다.

외모로는 그 사람 내면의 됨됨이를 알 수 없습니다. 그러므로 사람을 이해하는 데는 시간을 두고 세심하게 살피는 배려가 있어야 다른 사람에 대한 오판을 막을 수 있는 것입니다.

08
꽃과 잡초

꽃에게 향기가 있다면 사람들에게는 인격이 있습니다.
사람에게 있어 인격은 꽃의 향기처럼 아주 중요한 것입니다.

꽃은 싱싱하게 살아있어서 향기를 뿜어낼 때 아름다움을 자아내게 됩니다. 꽃이 썩고 향기가 사라져버리면 그 꽃은 더 이상 꽃이 아닙니다. 들에 아무렇게나 웃자란 잡초만도 못하게 됩니다. 그런 꽃들이 산더미처럼 쌓여 있다한들 무슨 소용이 있겠습니까. 오히려 들판만 어수선한 난장판으로 바뀔 것입니다.

우리들도 다를 바가 없습니다. 꽃에게 향기가 있다면 사람들에게는 인격이 있습니다. 사람에게 있어 인격은 꽃의 향기처럼 아주 중요한 것입니다. 아무리 많은 재물과 권력을 가진 사람도 인격이 없게 되면 그 어떤 사람도 그를 존중하거나 부러워하지 않습니다.

물론 그 앞에서야 "네, 네" 하며 온갖 아부를 떨겠지만, 돌아서면 언제 그랬느냐는 식의 태도로 돌변할 것은 불을 보듯 뻔한 일입니다. 이처럼 슬프고 비참한 일이 또 어디 있을까요.

 사람이 꽃의 향기와도 같은 인격을 기르기 위해서는 끊임없이 자신을 탐구하고 연마해야 합니다. 풍부한 독서로 지식을 기르고 마음을 다스려 성품을 맑고 곱게 하는 것은 물론 언행에 각별히 유의해야 합니다. 꽃에 향기가 있으면 사람을 비롯해 온갖 벌과 나비들이 모여들어 꽃을 환대합니다.

 마찬가지로 인격이 있는 사람은 지위와 부가 없어도 사람들로부터 존경을 받고 찬사를 받습니다. 인격은 사람에게 있어 사람을 풍요롭게 하는 진한 향기와도 같습니다.

꽃이 사랑 받는 이유는 사람들을 사로잡는
향기가 있어 아름답기 때문입니다.
잡초는 향기가 없기 때문에
사람들의 관심을 끌 수가 없습니다.
그러므로 우리는 향기 나는
사람이 되어야만 합니다.

09
작고 보잘것없는 미美에 대하여

작고 보잘것없는 것은 아름답습니다.
거기에는 꾸밈없는 진실이 들어있으니까요.

들길을 걷다가 가던 길을 멈추고 살며시 귀를 기울이면 두런두런 어디선가 이야기하는 소리가 들려오는 것 같습니다. 누구나 한 번쯤은 그런 경험을 했을 법도 합니다.

가만히 귀를 세우고 소리를 쫓아가면 저만치에서 민들레가 꼿꼿이 머리를 세우고 나를 바라보고 있는 듯합니다. 무겁기만 했던 발길을 잠시 옮겨 그 옆에 쪼그리고 앉아 있노라면, 마치 오랜 친구와 마주하고 있는 듯이 마음이 평온해짐을 느낄 수 있습니다. 민들레를 쓰다듬으며 반가움을 표현하는 나를 향해 민들레 역시 더욱 반가운 듯 다정한 얼굴을 합니다.

들길이 쓸쓸하지 않은 것은 민들레와 같은 작고 보잘것없는 이름 모를 꽃들과 들풀이 자라나 자신들의 자리를 채우고 있기 때문입니다.

묵묵히 작은 것에 충실한 사람은 큰일에도 충실할 수가 있습니다. 하지만 작은 일에 충실하지 못한 사람은 큰일에는 더더욱 충실할 수가 없습니다.

작다는 것은 부족하다는 것이 아닙니다. 단지 평균에 비해 크기가 떨어진다는 것뿐입니다. 보잘것없다는 것은 형편없다는 게 아닙니다. 화려하고 멋있는 것보다 다소 떨어진다는 것뿐.

그럼에도 불구하고 사람들은 작고 보잘것없는 것에는 아예 관심조차 두지 않으려고 합니다. 대의人義를 그르치는 사람들의 가장 큰 실수인 것을. 무슨 일이든 애당초 큰 것으로부터 시작되는 것은 아무것도 없습니다.

시작은 미약하지만 공을 어떻게 들이냐에 따라 크게 번창할 수도 있고, 그렇지 않을 수도 있습니다. 작고 보잘것없는 것에 애착을 가질 때 사람의 마음속에는 뜨거운 감사의 물결이 일렁이게 됩니다. 그러고는 밖으로 모습을 드러내어 모두를 따뜻하게 바라보게 되고 진솔한 마음을 보여주게 되는 것입니다.

작고 보잘것없는 것은 아름답습니다. 거기에는 꾸밈없는 진실이 들어있으니까요.

10
부드러운 것이 진정 강하다

물은 아무리 높은 곳에서 떨어져도 깨지지 않는다.
물은 모든 것에 대해서 부드럽고 연한 까닭이다.

"단단한 돌이나 쇠는 높은 데서 떨어지면 깨지기 쉽다. 그러나 물은 아무리 높은 곳에서 떨어져도 깨지지 않는다. 물은 모든 것에 대해서 부드럽고 연한 까닭이다."

이는 노자老子의 말입니다.

사람들은 살아가면서 많은 다른 사람들을 만나게 되고, 많은 일을 겪게 됩니다. 사람들의 삶이란 끊임없이 만나고 헤어지는 연속의 삶입니다. 그 만남이 끊어짐과 동시에 사람들의 삶도 종말을 갖게 되는 것입니다. 따라서 사람들은 날마다의 만남을 통해 삶을 이어가고 있는 것입니다.

만남 속에는 수많은 일들이 있습니다. 성격이 다르고 사는 환경이 다른 사람들과의 만남 속에서 불협화음도 따르기 마련입니다. 그것을 조율하지 못하면 다툼과 오해가 생기게 되고 그 다

툼으로 인해 서로에게 상처를 입히게 됩니다.

이러한 상처를 지속적으로 주고받게 되면 피해의식이 쌓일 수밖에 없습니다. 피해의식이 쌓이면 불신을 하게 되고 불신하다 보면 인정이 메마른 황폐한 사회가 되는 것은 순식간의 일입니다. 황폐한 사회에서 사는 거처럼 씁쓸한 일은 없으리라 봅니다. 사람들의 마음은 무쇠와 같이 단단하게 될 것이고, 단단한 무쇠와 같은 사람들이 충돌하여 사회를 혼란스럽게 만드는 것은 불을 보듯 뻔한 일입니다. 어디 그뿐입니까. 서로를 질시하고 원망하여 삶을 건조하게 만들어버릴 것입니다.

누구도 이런 삶은 원하던 바가 아닐 것입니다. 진정 바라는 사회는 따스한 인정이 강 같이 흐르고, 웃음과 사랑이 함께하는 것입니다.

사회란 더불어 살아가야 하는 커다란 공동체의 장(場)입니다. 이런 곳에서 자신만 알고 다른 사람을 외면한다면 사람들 사이에 냉기류가 흘러 사사건건 부딪치는 일만 생기게 될 것입니다. 그리고 차디찬 사회가 되는 불행을 겪게 되는 것입니다.

강하다는 것은 어떻게 보면 좋을 것도 같지만 사실은 그렇지가 않습니다. 참나무나 무쇠는 강한 충격을 받게 되면 부러집니다. 그러나 풀은 아무리 충격을 주어도 휘어지는 일은 있어도 부러지는 법은 없습니다. 이것이 바로 노자가 말했던 물과 같은 이치입니다. 물은 어떠한 그릇에도 담을 수가 있습니다. 세모 그릇에도 네모 그릇에도 비뚤어진 그릇에도 모가 난 그릇에도.

하지만 근본적인 것은 변한 게 아닙니다. 형체만 그릇 모양에 따라 변했을 뿐입니다. 많은 사람들이 더불어 살아가는 데는 '부드러움의 법칙'이 절대적으로 필요한 조건입니다.

모든 것에 대해 모든 것이 되어줄 수 있는, 물과 같은 사람들이 모여 사는 사회를 만들어가는 지혜가 그 어느 때보다도 필요한 시대에 우리 모두 살고 있음을 명심해야 합니다.

11
길은 가까운 곳에 있다

인생을 슬기롭게 사는 사람들은
그 어떤 것도 생각에만 머무르게 하지 않습니다.

길은 가까운 곳에 있다.

그럼에도 불구하고 사람들은 늘

헛되이 먼 곳만을 두리번거리고 있다.

일은 해보면 쉬운 것이다.

시작조차 하지 않고 미리 어렵다고만

생각하고 있기 때문에

할 수 있는 일들을 놓쳐버리는 것이다.

이는 맹자孟子가 한 말로 인생을 슬기롭게 살아가는 방법에 대해 말합니다.

어리석은 사람들은 가까운 곳에 있는 것들을 보지 못하고, 멀리 있는 것만 바라보려는 경향이 있습니다. 등하불명燈下不明 즉, 등잔 밑이 어두운 이치와 같습니다.

맑은 사색을 위한 지혜의 강물

아무리 정밀하게 조립된 물품이라 할지라도 조립을 시도하지 않으면 완제품으로 거듭날 수 없습니다. 그 아무리 어려울 것 같은 일도 시도함으로써 해내게 되는 것입니다.

그런 까닭에 매사를 어렵게 생각하고 시도조차 하지 않는 것은, 자신에게 주어진 기회를 놓쳐버리는 어리석음을 드러내게 됩니다.

시도조차 하지 않는데 길이 열릴 리가 없습니다. 꾸준히 시도를 하다 보면 보이지 않던 길도 보이게 되고, 생각지도 않은 새로운 큰 길을 만날 수도 있게 되는 것입니다.

그렇습니다.

인생을 슬기롭게 사는 사람들은 그 어떤 것도 생각에만 머무르게 하지 않습니다. 그 생각을 밖으로 끄집어내 자신이 생각하는 대로 시도함으로써 자신이 원하는 것을 이뤄냅니다.

멀리서 찾지 말고 가까이에서 찾아보세요. 그러면 내가 해야 할 일을 발견하게 될 것입니다. 그리고 시도하세요. 그리고 꾸준히 하다 보면 좋은 결과를 얻게 된답니다.

12
최후의 날

매일매일이 최후의 날이라고 생각하라.
반드시 뜻밖의 오늘을 얻어 기쁨을 갖게 될 것이다.

고대 로마의 서정시인인 호라티우스는 "매일매일이 너에게 있어서 최후의 날이라고 생각하라. 반드시 뜻밖의 오늘을 얻어 기쁨을 갖게 될 것이다"라고 말했습니다.

이는 하루하루를 최선을 다해 후회 없이 살라는 말입니다. 열심히 사는 것처럼 아름다운 일은 없습니다.

언젠가 땀에 흠뻑 젖어서 열심히 일하는 친구를 본 적이 있습니다. 친구는 연신 흘러내리는 땀방울을 뒷주머니에 차고 있던 수건으로 닦으면서도 일에 몰두해 있었습니다. 바라보는 내 마음에 비친 친구의 모습은, 참으로 듬직했고 아주 멋져 보였습니다.

무엇이든 열심히 하는 것은 다른 사람을 감동시키는 신비한 매력이 있습니다. 열심히 일을 하면 생각지도 않았던 놀라운 결과를 얻을 수가 있습니다. 노력한다는 것은 좋은 일이며 모두에게 귀감이 될 만합니다.

"비록 내일 세계의 종말이 온다 할지라도 나는 오늘 한 그루의 사과나무를 심으리라"고 말한 스피노자의 말 또한 의미심장한 말이 아닐 수 없습니다. 이러한 삶의 자세를 갖는 것은, 후회 없는 삶을 살게 되는 근본이 될 수 있습니다.

대부분의 사람들은 일이 뜻대로 되지 않을 때 "될 대로 돼라"고 체념하듯 말하는 버릇이 있습니다. 이것은 우리 모두가 경계해야 할 말입니다. 최선을 다하는 사람, 그런 사람의 눈에는 언제나 희망이 반짝이며 빛이 납니다.

우리는 "매일 주어진 오늘을 최후의 날로 여기고 살아야 한다"는 호라티우스의 말에 귀를 기울이고 사는, 지혜로운 사람이 되어야 할 것입니다.

13
자신의 거울

지혜로운 사람은 자신의 허물을 감추지 않습니다. 남의 허물을 보고
자신의 거울로 삼으며 자신의 허물을 고치려고 애를 씁니다.

숯이

검은 것을 나무란다.

이는 제 허물은 생각지 아니하고, 남의 허물을 들추어냄을 비유적으로 나타낸 속담입니다.

이 속담처럼 대부분의 사람들은 남의 허물을 보고 비난하고 손가락질하는 데는 익숙하지만, 그것을 통해 자신을 들여다보며 거울로 삼는 이들은 보기 드뭅니다. 그것은 남의 허물은 쉽게 보면서도, 자신의 허물은 달팽이처럼 자꾸 안으로 밀어넣으려는 습성이 있기 때문입니다.

그렇습니다.

사람처럼 이기적인 동물은 없습니다. 허점이 많은 사람일수록 자신의 허물을 감추려고만 합니다. 허점을 보이면 자신에게 손해가 따른다고 생각하기 때문입니다. 이런 사람들은 자신의 허물을 드러내지 않게 하기 위해, 남의 허물을 지적하고 드러내는 것으로 끝내는 것이 아닌, 비난을 하고 손가락질하는 것을 마다하지 않습니다.

그러나 지혜로운 사람은 자신의 허물을 감추지 않습니다. 남의 허물을 보고 자신의 거울로 삼으며 자신의 허물을 고치려고 애를 씁니다.

타산지석他山之石이라는 말이 있습니다. 다른 산의 나쁜 돌이라도 자신의 산에 옥돌을 가는 데에 쓸 수 있다는 뜻으로, 본이 되지 않는 남의 말이나 행동도 자신의 지식과 인격을 수양하는 데 도움이 된다는 것을 의미합니다. 그러기 때문에 남의 허물을 들춰 비난하지 말고, 남의 허물을 통해 자신의 거울로 삼는 지혜로운 사람이 되어야 하겠습니다.

또한 진실로 바른 몸과 마음가짐을 위해서라면 달팽이처럼 자신의 허물을 감추려는 어리석은 사람이 되지 말고, 지혜롭게 행동하는 내가 되기 바랍니다.

14
가장 무서운 인간의 적

자신의 실수에 대해서는 냉정한 마음으로 반성해야 합니다.
그래서 잘못된 것이 있으면, 반드시 고쳐 바르게 해야 합니다.

자신에게 관대한 사람은 발전할 수 없습니다. 자신의 잘못된 습관, 잘못 길들여진 타성으로 인해 마음의 눈을 흐리게 하기 때문입니다.

자신의 잘못된 습관과 잘못 길들여진 타성을 버리는 것만이 마음의 눈을 밝게 할 수 있습니다. 마음의 눈이 밝으면 이치에 밝고, 삶을 깊이 있게 들여다보는 안목이 길러집니다.

가장 무서운 인간의 적은 자신에게 끊임없이 관대한 것입니다.

사람처럼 자신에 대해 관대한 동물은 없습니다.

자신이 실수한 일에 대해서는 한없이 너그럽지만, 다른 사람이 자신에게 한 실수에 대해서는 용납을 하지 않으려고 합니다. 이율배반적인 일이 아닐 수 없습니다. 자신의 잘못에 대해 인정하고 잘못된 습관에 대해 반성하는 자세가 필요한데, 그렇지 못한 까닭은 타성에 젖어 자신의 마음의 눈을 흐리게 하는 까닭입니다.

 그렇습니다.
 자신의 실수에 대해서는 냉정한 마음으로 반성해야 합니다. 그래서 잘못된 것이 있으면, 반드시 고쳐 바르게 해야 합니다. 그렇지 않는다면 불행한 삶을 살 수밖에 없습니다.

자신에게 관대한 것,
이것이야말로 인간에게 있어
'가장 무서운 적'인 것입니다.

15
사람의 근본

아무도 신뢰하지 않는 사람은 누구의 신뢰도 받지 못한다.

사람의 근본은 믿음에서 왔고 그 믿음이 깨어지는 순간에 죄의 역사는 시작되었습니다. 죄는 결국 믿음을 깨뜨리는 일에서 시작되었기에 믿음을 회복하는 것만이 죄에서 멀어지는 일이 될 것입니다.

믿음은 서로의 마음을 화평케 하고, 열린 마음으로 세상을 바라보게 합니다. 보이지 않는 것도 믿음의 눈으로 바라볼 때는 보이는 것입니다. 따라서 믿음은 사람의 근본이 되며, 사람을 평안케 하고 사람의 길을 걸어가게 하는 원동력이 됩니다.

사람들 사이에서 믿음이란 참으로 중요한 것입니다.

신뢰하는 마음이야말로 세상을 밝고 맑게 하는 근본이 되는 까닭입니다. 사람과 사람 사이에서 서로에 대한 믿음이 없다면, 이웃과 사회는 싸늘한 냉기가 감돌아 사는 게 즐겁기는커녕 하루하루가 힘겹고 불행하다는 생각을 떨쳐버릴 수가 없게 될 것입니다.

믿음이 함께 할 때는 즐겁고 편안한 삶이 전개되지만, 그 믿음이 깨어졌을 때는 불행과 혼란이 가중되어 삶이 피폐해지고 맙니다. 마치 죄악처럼 삶의 질서를 파괴시켜버리는 것입니다.

"아무도 신뢰하지 않는 사람은 누구의 신뢰도 받지 못한다."

이는 철학자 제롬 블래트너의 말로 서로에게 있어, 믿는다는 것이 얼마나 중요한 일인지를 잘 알게 합니다.

그렇습니다.

믿음이란 소중하고 아름다운 언어입니다. 이처럼 소중하고 아름다운 언어를 근본으로 하는 생활의 자세를 갖는다면, 우리는 보다 나은 삶을 살게 될 것입니다.

16
사물을 보는 눈

세상 모든 것에 애정을 갖는 마음,
그 마음은 바로 사랑입니다.

　사물을 바라볼 때는 따스한 눈길로 보아야 합니다. 사물 하나
하나에 애정을 가지고 대하게 되면 모든 것을 존귀하게 여기는
마음이 길러집니다. 반면에 사물을 하찮은 눈길로 바라보면 모
든 것을 하찮게 여기는 마음이 길러집니다.

　이렇듯 사물을 바라보는 관점에 따라 우리 마음속에 와 닿는
감정은 지극히 상대적으로 나타나게 됩니다. 즉 어떤 관점으로
바라보느냐에 따라 자신도 변하게 되는 것입니다.

　인간이란 존재가 자각하며 자성하는 능력을 가졌기 때문에 가
능한 일입니다. 그러므로 긍정적이고 능동적인 눈으로 사물을
바라보아야 합니다.

　사람은 사물을 어떻게 바라보느냐에 따라 삶에 대한 관점과 인
생관이 변할 수도 있습니다. 사물을 대할 때 하찮은 눈길로 바라

보거나 대수롭지 않게 여기는 사람은 다른 사람을 대할 때도 진지하지 못하고 대충대충 넘어가려는 습성을 보이게 됩니다. 상대방에게 신뢰를 주지 못하게 되는 것은 두말할 나위가 없습니다. "저 사람은 신중성이 없어. 뭐든지 얼렁뚱땅이라니까. 그래서는 안 되지"라는 생각을 상대방에게 심어주게 되어 신뢰를 잃을 수밖에 없습니다.

하지만 사물 하나에도 신중한 눈으로 바라보는 습성을 가지고 애정으로 대하면, 그 마음속에는 모든 것을 존귀하게 여기는 따스한 마음이 길러집니다.

그러한 마음으로 사람과의 관계를 맺게 되면, 상대방에게 믿음을 주게 되는 것은 물론 아름다운 삶을 살 수 있게 되는 것입니다.

세상 모든 것에 애정을 갖는 마음, 그 마음은 바로 사랑입니다.

17
인간이 위대한 이유

───────────

인간을 위대하게 하는 것은
삶을 조화롭게 가꾸고 이루는 것에 있습니다.

　인간만큼 위대한 가치가 있는 존재도 없습니다. 창의성과 예지력, 풍부한 감성과 이성, 사물을 응시하는 투시력, 그러나 무엇보다도 인간이 위대한 것은 서로를 사랑하고 삶의 조화를 이루는 것에 있습니다.

　이 지구상에는 수많은 동물들이 살고 있습니다. 그중에서 우리 인간은 최고의 고등동물일 뿐만 아니라, 창의력과 풍부한 감성 그리고 이성으로 무장한 존재입니다. 다른 동물에게서는 전혀 찾아볼 수 없는, 우리 인간들만이 지닌 고유한 영역이자 축복이 아닐 수 없습니다.

　그러나 이러한 조건들이 인간을 위대하게 하는 것은 아닙니다. 인간을 위대하게 하는 것은 삶을 조화롭게 가꾸고 이루는 것에 있습니다.

삶을 조화롭게 가꾸고 세상을 풍요롭게 하는 것은
우리 인간만이 할 수 있는 일이자 은총입니다.
보다 더 나은 미래를 위해 그리고 알차고 보람 있는 삶을 위해
우리는 서로에게 깊은 관심을 갖도록 해야 합니다.
그래야만 누구나 행복할 수 있는 사랑으로의 초대가
이루어져 조화로운 세상을 만들 수 있을 테니까요.

18
좋은 벗과 나쁜 벗

자신의 마음속에 무화과나무를 심느냐, 아니면 시퍼런 비수를 꽂고 사는가도
결국은 자신이 선택해야 할 몫입니다.

심리학자 웰만은 "세상에서 가장 좋은 벗은 내 자신이며 가장 나쁜 벗 또한 내 자신이다"라고 말했습니다.

이 말은, 자신만큼 자기를 너그럽게 받아주고 감싸주는 대상이 없다는 것을 의미합니다. 반면에 자신을 망가뜨리는 대상도 자기 자신이라는 것입니다. 이렇듯 사람은 양면성을 지닌 존재입니다. 어느 쪽에다 무게를 싣느냐에 따라 인생이 빛날 수도 있고, 캄캄한 암흑 속에 빠져 허우적거릴 수도 있습니다.

자신의 마음속에 무화과나무를 심느냐, 아니면 시퍼런 비수를 꽂고 사는가도 결국은 자신이 선택해야 할 몫입니다.

맹자는 성선설性善說을, 순자는 성악설性惡說을 각기 주장했습니다.

이것은 어떤 마음을 먹느냐에 따라 착할 수도 있고, 악해질 수도 있는 복잡하고 오묘한 존재가 우리 인간이란 사실을 뒷받침

해주는 주장이기도 합니다.

그렇습니다.

우리 인간은 양면성의 현실에서 더 풍요롭고 알찬 생활을 하기 위해, 되도록 좋은 쪽에 무게를 싣는 현명한 선택을 해야 합니다.

왜일까요? 그것은 곧 자신을 스스로에게 좋은 벗이 되게 하는 것이기 때문입니다. 그리고 자신을 지금보다 더 나은 사람이 되게 하는 최선의 방책임을 잊지 말아야겠습니다.

19
말을 아낄 줄 아는 사람

말에는 말을 하는 사람의 인격이 배어있어, 그 사람의 학식과
양식을 엿볼 수 있는 거울이라는 것을 잠시도 잊어서는 안 될 것입니다.

고대 그리스의 수학자이자 철학자인 피타고라스는 "사람의 입에서 나오는 말은 나뭇잎과 같다. 나뭇잎이 무성하면 오히려 과실이 적고, 나뭇잎이 적당히 있게 되면 과실이 많다"고 말했습니다.

그렇습니다. 잎이 무성하면 나무뿌리에서 공급되는 영양분이 그 많은 잎들에게 골고루 공급되어야 하기 때문에 그만큼 과실이 부실해질 수밖에 없습니다. 그러나 나뭇잎이 적당히 있게 되면 과실은 풍성해집니다.

사람들이 내뱉는 말 또한 다를 바가 없습니다. 말이 너무 많다 보면 바른 말도 있겠지만, 상대적으로 불필요한 말이 많아지게 됩니다. 말을 하기에 앞서 신중히 생각함으로써 신뢰성을 쌓아야 하는 이유가 여기에 있습니다.

침묵은 때에 따라 금보다 귀하고, 그 어떤 철학적 논리보다도

우선합니다. 말을 아낄 줄 아는 사람, 우리는 그런 사람이 되어야 합니다.

너무 많은 말을 하는 사람을 보면 왠지 믿음이 가지 않습니다. 그런 사람들은 대개 실속이 없거나 허풍이 심합니다. 꼭 해야 할 말은 해야겠지만, 굳이 하지 않아도 될 말은 할 필요가 없습니다. 남보다 나아 보이고 싶어서 많은 말을 하는 거라면, 상대적으로 실수 또한 많게 되어 영양가 없는 말로 책잡힐 수도 있음을 알아야 합니다.

요즘 우리 사회의 현실을 돌아보면, 말잔치로 홍수를 이루고 있습니다. 그중에서 자신이 한 말을 시간과 장소에 따라 또는 상황에 따라 시시때때로 바꾸는 말은 대단히 위험한 발상이며 무책임한 행동이 아닐 수 없습니다.

말이란 입에서 한 번 나오면 다시 주워 담을 수가 없으므로, 무슨 말을 하고자 할 때는 몇 번이고 거듭거듭 생각을 해본 후, 그래도 괜찮다고 느낄 때 바로 그때 해야 합니다.

삼사일언三思一言이라는 말이 있습니다. 무슨 말을 할 땐 세 번 생각하고 말하라는 뜻으로 신중히 말해야 함을 의미합니다.

그렇습니다.

말에는 말을 하는 사람의 인격이 배어있어, 그 사람의 학식과 양식을 엿볼 수 있는 거울이라는 것을 잠시도 잊어서는 안 될 것입니다.

20
사람의 마음과 대리석

사람의 마음은 대리석과 같습니다. 대리석은 정으로 쪼아 다듬어서
갖가지 모양을 지닌 작품을 만들어낼 수가 있습니다.

사람의 마음은 대리석과 같습니다. 대리석은 정으로 쪼아 다듬
어서 갖가지 모양을 지닌 작품을 만들어낼 수가 있습니다. 그런
작품을 만들어내는 석공의 손은 참으로 존귀해 보입니다.

투박한 손으로 그처럼 아름답고 정교한 작품을 만들어내다니
말입니다. 마찬가지로 사람들의 마음 역시 대리석과 같은 존재
인 까닭에 스스로가 자신만의 개성을 지닌 인격을 만들어내야
합니다. 석공이 어떤 구상을 하고, 어떤 도구로 작업을 하느냐에
따라 작품의 정교함이나 모양에서 차이가 나듯, 어떻게 자신의
성품을 연마하느냐에 따라 사람의 인격은 여러 모습으로 드러
나게 됩니다.

사람의 마음은 그 깊이가 하해河海와 같아서 아무리 들여다보아
도 도무지 알 수 없는 수수께끼와 같습니다. "열 길 물속 깊이는

알아도 한 길도 되지 않는 사람의 속은 알 수가 없다"는 말은 괜한 말이 아닌 듯싶습니다.

하지만 이런 수수께끼와 같은 마음도 연마를 어떻게 하느냐에 따라 인격과 도량을 지닌 마음으로 만들 수도 있고, 비인격적이고 막돼먹은 마음으로 만들 수가 있습니다.

사람의 마음은 대리석과 같은 것입니다. 그 어떤 울퉁불퉁한 대리석도 석공이 어떻게 갈고닦느냐에 따라서 전혀 새로운 모습으로 세상에 드러나게 됩니다. 그러면 우리는 그것을 두고 더 이상 대리석이라고 부르지 않습니다. 굳이 이름까지 지어주며 작품에게 생명을 부여합니다. 그 순간, 대리석은 돌에서 작품으로 거듭나는 전환점을 맞이하게 됩니다. 마찬가지로 우리의 마음도 자신이 어떻게 수양하느냐에 따라 인격과 덕망을 갖출 수 있게 되는 것입니다.

E. 스펜서도 "인간은 석재石材이다. 그것을 가지고 신神의 자태로 조각하든가, 악마의 모양으로 새기든가, 그것은 각인咯人의 마음먹기에 달려있다"고 했습니다.

그렇습니다.

누구에게나 믿음을 주고 사랑을 받고
"그 사람 괜찮아"라는 말을 들을 수 있도록
우리의 마음을 열심히 갈고닦아야 하겠습니다.

21
생동감 넘치는 삶을 살아라

활기차게 살라. 생동감으로 넘치는 삶을 살라.
마치 이 순간이 마지막인 것처럼 매 순간을 살라.

삶을 즐겁고 편하게 대하라.

삶을 느긋하게 대하라.

불필요한 문제를 만들어내지 말라.

그대가 가진 문제의 99퍼센트는

삶을 심각하게 대하기 때문에 생긴 것이다.

심각함이 모든 문제의 뿌리다.

밝고 유쾌하게 살라.

밝게 산다고 해서 놓치는 것은 없을 것이다.

삶이 곧 신이다.

그러나 하늘 어딘가에 앉아 있는 신은 잊어라.

활기차게 살라.

생동감으로 넘치는 삶을 살라.
마치 이 순간이 마지막인 것처럼 매 순간을 살라.

강렬하게 살라.
그대 삶의 햇불이 활활 타오르게 하라.
단 한순간만 그렇게 산다 해도 그것으로 충분하다.

강렬하고 전체적인 한순간이
그대에게 신의 맛을 보여주기에 충분하다.
투명하고 전체적인 한순간,
즉흥적이고 자발적인 한순간을 살라.
후회나 미련이 남지 않도록 강렬하게 살라.

이는 인도의 철학자이자 작가인 오쇼 라즈니쉬가 한 말로 한마디로 함축한다면 생동감 넘치는 삶을 살라는 말이지요. 밝고 유쾌하게 살라, 활기차게 살라, 강렬하게 살라는 말이 이를 잘 말해줍니다. 그가 이렇게 말하는 것은 삶은 신이라는 것이지요. 그러니까 삶은 매우 중요하기에 신을 따르고 소중하게 여기듯 삶을 잘 살라는 말입니다.

왜 그럴까요. 삶은 누구에게나 딱 한 번 주어진 것이기에 그 무엇으로도 살 수 없고, 권력으로도 취할 수 없는 아주 귀한 생명의 보석이지요. 그런 까닭에 자신을 함부로 여긴다거나 욕되게 하고 허투루 산다는 것은 자신의 삶을 하찮고 허망하게 만드는 짓입니다. 그러기에 누구나 자신에게 주어진 삶을 오늘이 생애의 마지막이듯이 열정적으로 살아야 하는 것입니다. 그것은 자신의 삶에 대한 예의이자 도리이니까요.

그렇습니다. 삶은 흐르는 강물과 같아 두 번 다시 주어지지 않습니다. 그래서 누구나 자신의 삶을 귀히 여기고 미련 없이, 후회 없이, 원 없이, 아낌 없이 살아야 합니다. 그렇게 사는 것이야말로 진실로 자신을 가치 있게 하고, 자신을 죽도록 사랑하는 것이니까요.

22
인생과 함께 흘러가는 법

우리는 인생과 함께 흘러가는 법을 배워야 하며
삶의 흐름을 막는 것들을 현명하게 피할 줄 알아야 한다.

인생은 과정의 연속이다.

인생을 사는 동안

때로는 남들에게 주목을 받기도 하고,

자신의 삶을 축하하는 시기를 갖기도 한다.

인간은 이런 변화와 경험으로 인해

자신이 현재 어떤 위치에 있는지 생각하게 된다.

어른이 되는 과정은 더 특별한 의미가 있다.

영원히 어린이로 남을 수 있는 사람은 아무도 없다.

완전한 인간이 되기 위해서는 반드시 직면하고

맞서야만 하는 책임들이 있기 때문이다.

과정의 관례를 거부하며 모든 책임에서

벗어날 수도 있지만 그것은
완전한 사람을 거부하는 것과 같다.

인생은 정체되어 있지 않고 계속 흘러가며
우리는 그 흐름을 멈추게 할 수 없다.
매 순간 같은 장소로만
흘러갈 수 없는 강물과도 같은 것이다.

그러므로 우리는 인생과 함께
흘러가는 법을 배워야 하며 삶의 흐름을
막는 것들을 현명하게 피할 줄 알아야 한다.

　이는 미국의 심리학자인 바바라 골든이 한 말로, 삶을 지혜롭
게 살아가는 방법에 대해 말합니다. 바바라 골든은 그의 저서
《잠자기 전 3분, 내 마음 보살피기》에서 자신이 깨달음을 통해
얻은 삶의 지혜를 보여주는데, 앞의 말은 바로 그의 깨달음의 핵
심이라고 할 수 있습니다.
　삶을 살아가다 보면 많은 문제에 봉착하기도 하고, 시련과 고
통에 시달리기도 하지요. 좋은 일은 아무리 많아도 문제가 될 게
없지만, 시련과 고통에 시달리다 보면 삶을 고통이라 생각하게
되어 좌절하게 되고 절망하게 되지요. 그런데 문제는 좌절과 절
망은 삶을 정체시키는 주범이라는 데 있습니다. 삶이 정체되면

곧 퇴보의 길을 걷게 되고, 자신의 삶을 나락으로 떨어뜨리게 되는 우를 범할 수 있습니다. 이는 비생산적이고 비창의적인 일이기에 반드시 막아야 합니다.

그렇다면 어떻게 해야 할까요. 아무리 힘들고 고통스러워도 참고 견디어 내며 길을 찾도록 해야 합니다. 고통도, 좌절도, 기쁜 일이나 행복한 일처럼 삶의 과정의 일부분이니까요. 다시 말해 영원하지 않다는 것이지요. 그러기 때문에 하나의 삶의 과정으로 여겨 그냥 받아들이는 것입니다. 그렇게 하다 보면 절망과 좌절로부터 벗어나게 되는 기회를 갖게 되지요. 이에 대해 바바라 골든은 이렇게 말합니다.

"인생은 정체되어 있지 않고 계속 흘러가며 우리는 그 흐름을 멈추게 할 수 없다. 매 순간 같은 장소로만 흘러갈 수 없는 강물과도 같은 것이다. 그러므로 우리는 인생과 함께 흘러가는 법을 배워야 하며 삶의 흐름을 막는 것들을 현명하게 피할 줄 알아야 한다."

참으로 옳은 말입니다. 인생과 함께 흘러가는 법을 배우면, 그 어떤 시련도 고통도 능히 이겨낼 수 있습니다. 인생이란 한순간도 멈추지 않고 흘러가는 강물처럼 흐르는 삶의 강물이니까요.

23
문제 그 자체를 사랑하라

지금 당장 해답을 얻고자 서두르지 마라.
문제에 대한 해답은 문제와 함께 주어지지 않기 때문이다.

모든 시작에 앞서
가슴에서 풀리지 않는 것들에 대해
항상 인내하라.

또 잠겨 있는 방이나
어려운 외국어로 된 책을 대하듯
문제 그 자체를 사랑하라.

지금 당장 해답을 얻고자 서두르지 마라.
문제에 대한 해답은
문제와 함께 주어지지 않기 때문이다.
따라서 문제를 해결하는 가장 좋은 방법은
모든 문제들과 함께 숨 쉬는 것이다.

지금 당장 그대 앞에
문제들과 함께 숨 쉬어라.
그러면 언젠가 자신도 모르는 사이에
문제의 답이 그대에게
주어져 있음을 깨닫게 될 것이다.

항상 시작하는 자세로,
시작하는 사람으로 살아가라.

이는 오스트리아의 시인이자 작가인 라이너 마리아 릴케가 한 말입니다. 그의 말의 핵심은 삶을 살아가면서 부딪치게 되는 문제를 사랑하라는 것입니다. 그 이유에 대해 그는 "문제에 대한 해답은 문제와 함께 주어지지 않기 때문이다. 따라서 문제를 해결하는 가장 좋은 방법은 모든 문제들과 함께 숨 쉬는 것이다" 라고 말합니다. 그러니까 문제를 해결하려고 서두르지 말고, 그 문제에 대해 차근차근 생각하며 함께 하다 보면 문제 해결의 실마리를 찾게 되고, 결국에는 해결하게 된다는 것이지요.

모든 문제는 그 문제 안에 답이 있다는 말이 있습니다. 예로부터 선각자들은 어떤 문제에 봉착하게 되면 당황해하거나 고통스럽게 여기지 않았습니다. 오히려 자신을 한층 더 끌어올리는 기회로 받아들였지요. 문제를 해결하기 위해 기도하고, 사색하고, 공부하면서 문제의 원인이 무엇이며 해결책은 무엇인지에 대해 스스로 찾아냈던 것입니다. 그리고 그것을 자신의 철학과 사상으로 만들었습니다. 선각자들에게 문제는 곧 자신을 높은 깨달음의 경지에 이르게 하는 수단으로 여겼던 것이지요.

물론 범인凡人인 우리가 그렇게 하기란 쉽지 않습니다. 그것은 많은 인내와 노력이 따르니까요. 하지만 그렇게는 못 하더라도 그와 비슷하게는 할 수 있는 것 또한 보통 사람들이 가진 능력입니다. 릴케는 이를 잘 알았던 것이지요. 그런 깨달음을 통해 그는 이렇게 말했습니다.

"지금 당장 그대 앞에 문제들과 함께 숨 쉬어라. 그러면 언젠가 자신도 모르는 사이에 문제의 답이 그대에게 주어져 있음을 깨닫게 될 것이다."

그렇습니다. 릴케의 말처럼 당황해하지 말고 문제와 함께 하다 보면 그 문제 안에 해결책이 있음을 발견하게 될 것입니다. 현명하게 생각하고, 지혜롭게 문제를 해결하는 우리가 되어야겠습니다.

The Poem of Ending

사랑하라,
한 번도 이별하지 않은 것처럼

행복하라,
한 번도 불행하지 않은 것처럼

감사하라,
한 번도 은혜를 저버리지 않은 것처럼

기뻐하라,
한 번도 슬퍼하지 않은 것처럼

축복하라,
한 번도 부족하지 않은 것처럼

인정하라,
한 번도 무시하지 않은 것처럼

배려하라,
한 번도 외면하지 않은 것처럼

_ 김옥림 〈뜨겁게 인생을 사랑하는 법〉